KB025259

강아지와 나의 10가지 약속

INU TO WATASHI NO 10 NO YAKUSOkU
Copyright © 2008 by Akari Saito
All rights reserved.
Original Japanese edition published in 2008 by Mainichi Shinbun Shuppan
Korean translation rights arranged with Mainichi Shinbun Shuppan, Tokyo
though Eric Yang Agency Co., Seoul.
Korean translation rights © 2016 by slody Media

이 책의 한국어 판 저작권은 에릭양 에이전시를 통한 저작권사와의 독점 계약으
로 슬로디미디어에 있습니다. 저작권법에 의해 한국 내에서 보호를 받는 저작물
이므로 무단전재와 복제를 금합니다.

신은 인간을 먼저 만드셨다.
그리고 인간의 약함을 보시고
인간에게 개를 내려주셨다.

-동물학자 알폰스 투스넬-

초판 1쇄 인쇄 2016년 7월 19일
초판 1쇄 발행 2016년 7월 29일

지은이   사이토 아카리
옮긴이   박현아
발행인   우정식
기획총괄   우세웅
편집   이지현
마케팅   정태연
북디자인   신은경

펴낸곳   슬로디미디어
출판등록   제306-2015-6호(2015년 4월 7일)
주소   서울시 중랑구 용마산로 209, 307호
       (면목동, 제3층)광명빌딩
전화   02)493-7780
팩스   0303)3442-7780
전자우편   slodymedia1@gmail.com(원고투고 • 사업제휴)
홈페이지   http://slodymedia.modoo.at
블로그   http://slodymedia.me
페이스북·인스타그램   slodymedia

ISBN 979-11-955479-2-0 03830

Copyright ⓒ 2008 by Akari Saito

※이 책은 슬로디미디어와 저작권자의 계약에 따라 발행한 것으로 본사의 허락
  없이는 무단전재와 복제를 금하며, 이 책 내용의 전부 또는 일부를 사용하려면
  반드시 저작권자와 슬로디미디어의 서면 동의를 받아야 합니다.
※잘못된 책은 구입하신 서점에서 교환해 드립니다.

이 도서의 국립중앙도서관 출판예정도서목록(CIP)은 서지정보유통지원시스
템 홈페이지(http://seoji.nl.go.kr)와 국가자료공동목록시스템(http://
www.nl.go.kr/kolisnet)에서 이용하실 수 있습니다.
(CIP제어번호 : CIP2016016317)

강아지와 나의 10가지 약속

10 Promises to My Dog

사이토 아카리 **지음**
박현아 **옮김**

슬로디미디어

프롤로그

저는 개를 키운 적이 있습니다.

정확히는 '개와 함께 생활한 적이 있다.'고 말해야 할 것 같습니다.

'개를 키웠다.'는 말은 '내가 개를 돌봐주었다.'는 뜻이 되기 때문입니다.

그러나 저는 오히려 개에게 여러 가지 도움을 받았다는 느낌이 강했습니다.

슬플 때 위로해주고,

기쁠 때 함께 기뻐해주고,

개와 이야기하고 있으면 신기하게도 나쁜 일들이 어디론가 날아가 사라졌습니다.

　혼자라면 하지 못했을 마라톤 연습을 계속할 수 있었던 것도 역시 그녀가 있었기 때문입니다.

　그녀라고 표현했습니다만, 개도 사람과 다르지 않습니다.

　보통의 가족과 똑같습니다.

　다만, 그녀가 인간의 말을 할 줄 모르고 내가 개의 말을 할 줄 모르는, 그런 차이만 있을 뿐이었습니다.

　우리는 싸우기도 했습니다.

　싸운 만큼 화해도 했습니다.

　그녀가 해서는 안 될 일을 했을 때, 저는 그녀를 엄하게 꾸짖었습니다.

　제가 해서는 안 될 일을 했을 때, 그녀는 저를 살짝 혼냈습니다.

　돌이켜보면 늘 그녀가 저보다 좀 더 다정했던 것 같습니다.

　외로움을 많이 타고,

　제멋대로에,

　겁도 많고,

　강한 척하는,

　저를 보고 그녀는 항상 짖어댔지만

　그래도 그녀는 누구보다도 저를 알아주었습니다.

아무것도 말하지 않고 꼭 안기만 해도 저의 마음을 모두 이해해주었습니다.

안고 싶은데 가볍게 다퉈서 곁에 다가가기 어려울 땐 항상 그녀가 먼저 다가와서 손바닥을 날름 핥아주었습니다.

그렇게 해주면 신기하게도 여러 가지 고민이 사라졌습니다.

마치 의사 선생님 같았습니다.

저의 아빠가 평범한 뇌 전문 외과의로 나쁜 부분을 잘라내는 수술의 명인이었던 것처럼, 그녀는 도구를 사용하지 않는 마음의 수술을 잘했습니다.

상처 자국이 전혀 남지 않았으니까요.

개는 주인을 닮는다는 말을 많이 듣습니다.

그러나 전 반대로 주인이 자신도 모르게 개를 닮아가는 게 아닌가 하는 생각이 듭니다.

이런 닮은 점 투성이인 가족 간에도 한 가지, 어쩔 수 없는 차이점이 있습니다.

그녀가 몇 배는 더 빨리 나이를 먹는다는 사실입니다.

강아지였을 때 우리 집에 온 그녀는 굉장히 빠른 속도로 저의 나이를 뛰어넘었고, 어느새 할머니가 되었습니다. 그리고 결국 천국으로 돌아가 버렸습니다.

저는 그것이 운명이었다고 생각합니다.

하지만 그건 '약속'이었던 모양입니다.

옛날부터 개와 인간 사이에 맺어왔던 몇 개의 약속 중 하나라고.

그 약속을 지키면서 우리는 행복한 인생을 함께 만들어 나가는 것입니다.

현재 개를 기르고 있다면 그 개와 '멍멍' 하고 무언가 약속을 하진 않았나요?

개를 기르고 싶은 사람이나, 개를 정말 좋아하는 사람은 분명 언젠가 한 마리의 개와 몇 가지 약속을 할 날이 올 것입니다.

그건 조금 즐겁기도 하고, 그리고 조금 슬프기도 한 약속이겠지요.

이제부터 저는 제 나이 12살에 만나 24살이 될 때까지 함께 시간을 보낸 한 마리의 개와 나눈 '약속'에 대한 이야기를 소개하려고 합니다.

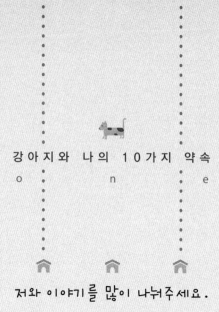

강아지와 나의 10가지 약속
o   n   e

저와 이야기를 많이 나눠주세요.

개는 자기 자신보다 당신을 더 사랑하는
이 세상의 유일한 생명체일 것이다.
-조쉬 빌링스-

11살, 엄마는 바람의 냄새

나는 항상 그랬듯 그날도 학교가 끝나자마자 해변으로 향했다.

작은 방파제 위에 앉아 책가방을 무릎에 올려놓고, 그 위에 턱을 괸 후 몰아치는 파도 소리를 그저 멍하니 듣고 있었다.

"오늘은 바다가 웃고 있네."

어느새 내 옆에는 동급생인 스스무 군이 있었다.

"스스무 군은 언제나 있는지 없는지 모르겠어."

"그런 말은 실례잖아. 아카리가 외로워 보여서 난 말을 걸었는데."

볼록하게 부풀어 오른 스스무 군의 볼이 타코야키(역주: 밀

가루 반죽에 잘게 다진 문어를 넣고 구운 일본의 대표적인 음식)처럼 아주 동그래졌다. 그 모습이 조금 맛있어 보여 볼을 쿡쿡 찌르면서 "걱정할 필요 없어. 외롭지 않으니까. 바다의 얘기를 듣고 있는 걸."이라고 대답했더니 스스무 군이 신기하다는 듯이 물었다.

"바다의 이야기?"

"그래. 바다의 목소리는 매일 다르잖아."

"대단하다! 그걸 아는구나! 아카리."

"오늘은 어제보다 조금 높은 목소리야."

"높아? 반음 정도?"

기타를 연주하는 스스무 군은 내가 아무렇게나 되받아친 말에 감탄한 것처럼 눈을 동그랗게 떴다.

그 눈을 보고 있으면 나는 하고 싶어지는 것이 있다. 방금까지 볼을 찌르고 있던 검지를 스스무 군 얼굴 앞에 내밀고

"참참참!".

오늘도 또, 스스무 군은 내가 손가락으로 가리킨 방향을 바라보고 있었다.

"또 걸렸네."

"갑자기 하니까 그래."

"스스무 군은 너무 솔직해! 정말 너무 착하다니까."

"참참참!"

스스무 군의 역습.

손가락은 오른쪽, 내 얼굴은 왼쪽.

"네가 너무 솔직하지 않은 거야."

나는 엄마에게 자주 듣던 말을 스스무 군을 통해 듣게 되어 조금 놀랐다.

갑자기 방파제 밑에서 "멍멍." 하고 예쁜 목소리가 울려 퍼졌다. 왼쪽을 바라보던 나의 눈에 모래사장을 필사적으로 발버둥치듯 뛰어다니는 미니어처 닥스훈트가 들어왔다. 몸을 거의 모래사장에 파묻고 비벼대며 기쁜 듯이 날뛰고 있다고나 할까, 몸을 질질 끌고 있었다.

"귀엽다!"

내가 방파제에서 뛰어 내리자 그 강아지는 사냥감을 발견한 듯이 내 다리로 달려들었다. 냄새를 맡으며 기웃거리던 강아지는 내 구두 냄새를 맡더니 잠시 멈춰 섰다.

"이번 주에 안 씻은 걸 들켰나."

그 말을 들은 강아지는 "멍 멍 멍." 하고 3번 짖었다.

"내 말을 알아듣는 걸까?"

"알아들었을 거야, 분명."

방파제 위에서 스스무 군이 말했다.

"스스무 군도 내려와."

"싫어, 나는 괜찮아."

"스스무 군은 개를 별로 안 좋아했었지?"

강아지는 스스무 군의 얼굴을 보며 조금 낮게 으르렁거리는 소리를 내었다.

"손가락을 물려서 손이 다치면 안 되니까 개에게 가까이 가지 말라고 엄마가 그랬어."

"그래? 하긴 스스무 군은 기타리스트가 된다고 했었지."

"된다고 해야 할까, 되야 한다고 했어."

스스무 군의 집은 음악가 집안으로 기타 교실을 운영하고 있었다. 아침에 일어날 때도 아빠가 자명종 대신 기타로 잠을 깨워준다는 소문이 학교에 자자 할 정도였다.

"그래도 이리와 봐. 자, 이렇게 귀엽잖아."

강아지는 몸을 둥글게 마는 것처럼 내 다리 주변을 빙빙 돌았다.

"그렇게 돌면 버터가 되어 녹아 버릴 거야!"

내가 장난치는 강아지에게 이렇게 말을 걸자 스스무 군은 "난 개는 절대로 버터가 될 수 없다고 생각해."라며 냉정하게 말했다.

스스무 군은 언제나 냉정했다. 재미없을 정도로.

멈춰 서서 내 눈을 지그시 바라보는 강아지의 촉촉한 눈이 마치 내 마음을 꿰뚫어 보는 것 같아 조용히 중얼거렸다.

"개, 키우고 싶다."

"흐음. 그래서 그 개는 버터가 됐니?"

"아니……. 될 수 있을 리가 없잖아."

"다행이다. 잠깐, 그 버터는 귀여워서 빵에는 바를 수 없을 것 같아."

엄마는 저녁 준비를 하면서 웃는 얼굴로 오늘 바다에서 있었던 이야기를 들어주었다.

"강아지는 귀여웠니?"

"정말 귀여웠어. 책가방에 넣어서 등에 업어 데려오고 싶었어. 스스무 군은 개를 별로 안 좋아하는 것 같았지만."

"스스무 군은 개를 별로 안 좋아하는구나."

"됐어, 그 녀석은 나보고 솔직하지 않다고 했으니까."

"그래? 사람 보는 눈이 뛰어난 걸."

"엄마!"

엄마는 미역 샐러드를 2인분 접시에 나눠 담으면서 얘기했다.

"2인분……. 아빠는 또 늦는 거야?"

"오늘은 큰 수술이 있대."

"또 수술이구나."

나는 작은 한숨을 내쉬었다.

아빠는 우리가 사는 홋카이도 오타루의 작은 해변 마을에서 제일 큰 병원의 뇌 전문 외과 의사다.

항상 머릿속이 일로 가득 찬 사람으로 함께 식사를 한 기억이 거의 없었다. 식사를 할 때도 때때로 포크와 나이프를 바라보다가 멈춰서 "역시 수술이 필요할까?"라며 무언가가 떠오른 듯이 작은 소리로 중얼거리는 사람이었다.

식사 중에도 쉬는 중에도, 일 생각뿐.

일에 전념하는 사람이라고 해야 할지, 일 이외의 다른 것에는 열정이 없는 사람이라고 해야 할지. 집에 있을 때에도 '수술 연습'을 한다며 시간이 날 때마다 핀셋으로 빈병에 들어 있는 배 모형을 장식했다.

나는 미역 샐러드 두 개를 테이블에 옮기다가 살짝 흘리고 말았다.

"아빠 머리카락 때문에 샐러드에 미역을 넣었는데. 우리만 머리숱이 많아져도 어쩔 수 없지 뭐!"

나는 배 모형이 들어 있는 병을 들고 그 병을 통해 유리창 밖에 펼쳐진 밤바다를 바라보았다. 병 속의 조립모형 배가 조금 어두워진 수평선 위에 둥실둥실 혼자 불안하게 떠 있는 것 같았다.

"외롭니?"

"전혀!"

"봐봐, 솔직하지 못하잖아."

"엄마!!"

"자, 됐다. 먹자."

엄마는 항상 방긋 미소를 지었다.

이 세상에 아무런 근심거리도 없는 듯한 미소를.

엄마와 나는 언제나 나란히 앉아서 밥을 먹었다. 정면에 있는 의자에는 커다란 곰인형이 있었다.

"우리 아빠는 곰이다."

"그렇게 말해도 좋을 정도야, 유이치."

곰인형 유이치는 입을 다문 채 정면을 바라보았다.

'유이치'는 아빠 이름이다. 유이치(祐市). 곰인형 유이치는 언제나 아빠를 대신해 아빠 자리에 앉아 있었다. 식사는 언제나 곰인형 유이치와 함께였다.

"어째서 엄마는 이 곰 하고 결혼하겠다는 생각을 한 거야?"

"결혼하자는 말을 들었을 때는 아직 인간이었어."

엄마는 주변 사람들에게 '불가사의한 사람'이라고 불릴 정도로 독특한 감각을 가진 사람으로, 주변 사람들이 엄마의 말을 이해하지 못하는 일이 종종 있었다.

"저기, 유이치."

유이치는 입을 다문 채 둥근 눈으로 정면의 벽을 바라보고 있었다. 그런 유이치의 둥근 눈을 지그시 바라보다가 문득 바다에서 만난 그 강아지의 얼굴이 떠올랐다.

사람을 그리워하는 듯한 촉촉한 눈. 조금 축축하고 반질반질한 코. 지금 여기에 곰인형 유이치가 아닌 그 강아지가 있었다면 외로움이 조금 사라졌을지도 몰라.

개를 키우고 싶다고 말해볼까.

"엄마, 개 좋아해?"

"나는 곰이 더 좋아. 《나메토코 산의 곰》이라는 책을 정말 좋아하거든. 아, 맞다! 내일 아침에는 버섯 된장국을 먹도록 하자."

화제가 휙 바뀌었다.

나는 조용히 입을 아주 크게 벌리고 미역 샐러드를 마구 집어넣었다.

병원에서의 유이치, 아니, 아빠는 간호사들에게 '엄마'라는 별명으로 불리고 있었다.

진찰 중에도,

"엄마, 진료카드가 어디 있었지?"

"전 엄마가 아니에요."

수술 중에도,

"엄마, 메스."

"엄마가 아니라니까요."

아빠는 본인이 여러 가지 부탁을 청해야 하는 상대를 '엄마'라고 부르는 버릇이 있었다.

집에서도 아빠는 '엄마'에게 여러 가지 부탁을 했다.

집에 있는 시간은 거의 없지만 가끔씩 있을 땐 엄마에게 많은 것을 부탁하고, 스스로는 아무것도 하지 못하는 아빠와 항상 내 곁에 있어주는 엄마. 내가 아빠를 '아빠'라고 쓰지 않고 '아버지'라고 쓰고, 엄마는 '엄마'라고 쓰고 싶어지는 이유는 이러한 일상에서 자연스레 생긴 것이다.

홋카이도도 여름다워지는 7월의 어느 일요일.

우리는 오랜만에 가족끼리 외출하자는 약속을 했다. 행선지는 곰 목장. 엄마가 "인형이 아닌 움직이는 곰이 보고 싶어."라고 말해 정하게 되었다.

하지만 그날 아침, 아빠는 양복을 입고 있었다.

"오늘도 병원에 가?"

"일요일도 병은 쉬지 않으니까."

"그럼 곰 목장은?"

"미안, 언젠가 가자."

"언젠가라는 날은 대체 언제 오는 거야! 약속했잖아! 아빠!"

아빠는 조용히 오른손으로 가방을 들었다. 그러고는 "엄마, 미안. 아카리를 부탁해."라고 엄마에게 또 부탁을 하더니 현관을 뛰쳐나가 도망치듯이 역을 향해 달려갔다.

"아빠는 오늘이 무슨 날인지 까먹은 걸 거야."

나는 볼을 최대한 크게 부풀리면서 불만을 어필했다.

"어쩔 수 없어. 그 덕분에 환자 한 명이 아프지 않을 테니까."

"하지만 엄마 생일 정도는 가족과 함께……."

"……아카리, 산책 갈까?"

엄마의 제안은 언제나 갑작스러웠다. 이야기의 흐름 따위는 그다지 관계없다는 듯이.

"바다에 가자. 곰은 없지만 전에 귀여운 강아지를 봤던 곳을 알려 줄게."

"그래, 오늘 그곳에 그 강아지가 있을 거야."

엄마는 어딘지 모를 자신감을 갖고 방긋 웃었다. 그리고 엄마의 그 신기한 예감은 대체로 적중했다.

방파제 밑 모래사장에 그날 본 작은 닥스훈트가 달리고 있었다. 주인인 고등학생 정도의 여자아이가 던지는 공을 놀라운 기세로 쫓아가 물어 주워왔다.

"정말, 버터처럼 녹아버릴지도 몰라."

엄마가 쿡 하고 웃었다.

파도가 때때로 강아지에게 덮쳐왔지만 부르르 몸을 떨어 물기를 털어내고 다시 공 쪽으로 달려갔다.

"귀엽다."

"너랑 다르게 솔직하네."

"나도 솔직한데."

"어떤 점이?"

엄마는 떨어져 있던 나뭇조각을 주워 갑자기 멀리 던졌다.

"아카리, 주워와."

"엄마!"

나는 그곳에서 움직이지 않았다. 하지만 나를 대신해 강아지가 배에 모래를 튀기며 달려가 주었다.

"솔직함이 달라."

뾰로통해진 나를 보며 웃는 엄마에게 강아지는 나뭇조각을 가져다주었다.

"고마워."

엄마는 나뭇조각을 가져와준 강아지를 익숙한 손놀림으로 쓰다듬기 시작했다.

강아지는 엄마에게 몸을 맡기고 기분이 좋은 듯이 눈을 감았다.

"엄마, 개 키워본 적 있어?"

"응, 어릴 때."

"개 좋아해?"

"좋아해. 정말 좋아해. 그러니까 키우지 않을 거야."

"왜?"

"누군가와 만난다는 건, 언젠가 헤어지지 않으면 안 된다는 거니까. 정말 좋아하는 것과 헤어지는 건 인생에서 제일 괴로운 일이라고 생각해."

"그래……."

"모든 생물에는 신이 각각 정해준 생명의 길이가 있으니까. 아무리 많이 좋아해도 헤어져야 하는 날은 반드시 오거든."

강아지는 바다를 멍하니 바라보면서 얘기하는 엄마의 얼굴을 가만히 쳐다보았다.

아빠는 그날 밤도 늦게까지 집에 돌아오지 않았다. 매일매일이 야근이라 빨리 돌아오는 날엔 마치 긴급 조퇴를 한 것 같은 느낌이 들었다. 엄마의 동그란 생일 케이크는 테이블 위에 외로이 남겨져 있었다.

"우리 이제 먹자. 언제나 우리만 기다리고 참는 건 이상하잖아."

"하지만 아빠도 함께 먹으면 좋을 텐데……."

"엄마, 계속 기다리고 참기만 하면 병 날 거야."

"그러면 안 되지……. 좋아, 먹자."

엄마와 나는 서로를 바라보며 크게 고개를 끄덕였다.

케이크는 순식간에 작아졌다. 덩그러니 테이블 중앙에 남겨진 케이크를 둘이 함께 바라보면서 문득 나는 엄마에게 홀리 듯 말했다.

"나, 개 키우고 싶어."

"개?"

"집이 외롭지 않을 거야. 그리고 개는 거짓말도 하지 않으니까. 아빠와는 달리."

"하지만 곰인형 대신에 키울 생각이라면 반대야."

"무슨 말이야?"

"하나의 생명을 책임질 생각이 아니라면 안 된다는 거야. 요새 가벼운 마음으로 키우다가 쉽게 버려지는 개가 많다는 거, 알고 있지? 그 개들은 인간의 무책임 때문에 점점 생명을 잃어가고 있어."

"생명을 잃어가?"

"버림받은 개는 처분되거든. 처분이란 목숨을 쓰레기처럼 취급하는 거야."

"……나, 열심히 키울 거야."

"그리고, 또 한 가지 큰 문제가 있어."

"문제?"

"아빠는 개를 좋아하지 않거든. 그러니까 개는…….."

"믿을 수 없어!"

강아지와 나의 10가지 약속
t   w   o

서로를 이해할 수 있도록 많은
시간을 함께해주세요.

강아지가 우리의 얼굴을 핥아주는 것보다

훌륭한 정신 치료사는 없다.

-번 윌리암스-

나는 남은 케이크를 한 번에 입 안으로 쑤셔 넣었다.

그때 현관문이 열리는 소리가 났다.

"다녀왔어."

그다지 반성하는 기색이 없는 아빠의 목소리가 들려왔다.

"그러니까 개는 우리 집에선 키울 수 없어."

또 아빠 때문이었다.

나는 평소보다 차가운 말투로 말했다.

"늦었어! 엄마 생일인 거 알고 있었지! 그치!"

"미안 미안."

"미안이라고 두 번이나 말하는 게 거짓말 같아!"

"미안 미안, 그렇게 화내지 마. 엄마, 40살 생일 축하해."

"어머, 그렇게 말하니까 전혀 축하하는 것 같지 않은걸. 난 올해 39살이야."

"미안, 어림잡아 말한 거야. 약 40살."

"케이크는 마침 방금 먹어버렸어."

세상에는 타이밍이 잘 맞지 않는 사람이 세 명 있다는 말이 있는데, 그중 한 명은 분명 아빠일 것이라고 생각했다.

"그래, 미안해. 그래서 이거 사 왔어."

아빠의 빵빵한 가방 속에서 유바리 멜론이 나왔다.

"멜론! 멜론, 멜론!"

엄마는 손뼉을 치며 기뻐했다.

"엄마, 그렇게까지 기뻐하지 않아도……."

"엄마가 정말 좋아하는 거니까. 이 시기의 맛있는 멜론을 삿포로로 원정을 온 거인 선수들이 전부 사버려서 찾기 매우 힘들었어."

"나, 거인에게 이긴 거야!"

"완승이지. 그래, 여기에 촛불을 꽂자."

"우승 축하 파티네!"

아빠도 아빠지만 엄마도 엄마였다. 나는 가끔 내가 이 두 사람의 딸이라는 것이 무서웠다. 이 몸 어딘가에 이 사람들의 유전자가 확실히 존재하고 있을 테니까.

"수술하겠습니다."

아빠가 솜씨 좋게 멜론을 반으로 잘라 그 단면에 큰 초 세개, 작은 초 아홉 개를 꽂았다.

"외과의라서 그런지 자르는 건 참 잘하네."

묘한 곳에서 감동을 받은 엄마. 역시 우주인일지도 모른다.

엄마가 멜론 위에서 불안하게 흔들리는 촛불을 '후~' 하고 끄자 새까매진 방의 창문을 통해 바다에 떠 있는 무수한 오징어잡이 배의 불빛이 들어왔다.

"엄마, 내년에는 40살이야."

"아카리도 곧 시집가겠네."

"가지 않을 거야. 아직 11살이라고!"

"나는 네 결혼식에 가는 게 무엇보다도 가장 기대돼."

"결혼식? 너무 빠르다고."

"아빠는 그날 울 거야."

엄마는 바다에 떠오른 빛을 지그시 바라보며 무언가를 생각하는 듯 했다.

"일 때문에 못 오는 거 아니야?"

"바보 같은 소리 하지 마!"

엄마는 조금 언짢아진 아빠의 기분을 모른척하며 또다시 이상한 말을 하기 시작했다.

"저기, 이 멜론 씨앗을 심으면 내년에 멜론이 자랄까?"

"엄마 그건 불가능하지 않을까?"

다음날, 우리 집 정원 한 구석에 멜론 밭이 만들어졌다.

엄마는 한 가지 재미있는 버릇을 갖고 있었다. 무엇이든 바로 냄새를 맡는 버릇이다.

먹는 것도, 책도, 가게에서도. 바로 킁킁 하고 냄새를 맡았다.

그리고 그 냄새에 대해 재미있는 설명을 했다.

여름 소나기가 내린 뒤의 마을 냄새를 "사우나에서 나온 죽순의 냄새."라고 말하며 "죽순과 함께 사우나에 들어가 본 적은 없지만 아마도 그런 냄새일 거야."라고 표현했다.

나는 엄마에게 "냄새 맡는 걸 왜 좋아하는 거야?"라고 물어본 적이 있었는데 엄마는 "뭐랄까, 차분해지거든. 냄새라는 거."라고 주장했다.

사람은 제각각이지만 맡으면 차분해지는 냄새가 있는 듯하다. 나는 엄마의 냄새가 나면 이유는 모르지만 차분하게 시간을 보낼 수 있었다.

여름의 어느 날 해 질 녘에 바다를 혼자 바라보고 있던 나를 마중 나왔을 때도 바람이 먼저 엄마의 냄새를 전해주었다.

"아, 엄마가 근처에 있나봐." 하고 뒤돌아보면 그곳에는 엄마가 서 있었다.

"역시."

"있으면 안 되는 거야?"

"엄마 냄새가 났어."

"냄새라는 건 좀 그렇다. 향기라고 해줘."

"엄마는 바람 같아."

"그건 어디로 불지 모른다는 거야?"

"바람이 불면 어느새 그곳에 있으니까."

"그거, 근사한 칭찬이네."

그렇게 말하고 기분이 좋아진 엄마는 좋아하는 노래를 흥얼거렸다.

"타임 애프터 타임."

"이 노래의 가사가 매우 마음에 들어. '혹시 네가 길을 잃거나 침울해지면 주변을 둘러봐, 분명 내가 있을 거야.'라니, 바람 같지 않아?"

엄마는 불어오는 바람의 냄새를 킁킁 맡았다.

"엄마, 좋은 냄새가 나."

엄마는 자신의 냄새를 킁킁 맡고는 "나는 잘 모르겠어."라고 웃으며 말했다.

"잘 모르겠지만, 벌써 가을의 냄새가 나기 시작하네."

바다의 색깔도 점점 진한 푸른색으로 변하고 있었다.

홋카이도의 여름방학은 짧아서 8월의 오봉 연휴(역주: 8월 15일을 전후로 3~5일간 쉬는 일본의 명절 중 하나)가 끝나면 바로 2학기가 시작된다.

개학식 날. 2학기 일정에 관한 간단한 이야기를 듣고 평소보다 빨리 학교가 끝났다.

"스스무 군, 오늘 바다 보러 안 갈래?"

"미안, 오늘은 기타 연습이 있어서 엄마가 빨리 오라고 했어."

"그래, 그럼 알았어. 스스무 군은 솔직하고 착한 아이니까.

난 잠깐 바다에 들렸다 갈게."

　실은 나도 엄마에게 가능하면 빨리 집으로 돌아오라는 말을 들었다. 그러나 스스로에게 변명을 하면서 나는 그 강아지를 만나기를 기대하며 바다로 갔다. 하지만 여름이 지나간 해변가에는 외로운 파도만이 "가을이다, 가을이야."라고 외치고 있을 뿐이었다.

　"없네, 그 강아지."

　나는 파도를 피하면서 해변가를 걷고 있었다. 파도가 칠 때 밀려온 꽃들 사이에 30센티미터 정도의 작디작은 배 한 척이 섞여 있었다.

　우리 마을에는 오봉 연휴가 끝날 때 '등불 띄우기'를 하는 관습이 남아 있다. 오봉 때에 마을로 되돌아온 혼을 오봉이 끝나는 밤에 촛불을 밝힌 작은 배에 태워 방파제에서 바다로 되돌려 보내는 것이었다. 밤바다에 무수한 등불, 아니 혼이 하늘하늘 흔들거리며 한쪽으로 퍼져나가다가 어느새 바다 멀리 사라져버렸다.

　그 배 중에 한 척이 아직은 멀리 떠나고 싶지 않은 것처럼 해변에 떠 있었다. 나는 그 배가 신경 쓰여 그 배에 가까이 가보았다. 하지만 한 걸음 다가갔을 때, 조금 큰 파도가 밀려와 작은 배는 바다로 다시 떠나가 버리고 말았다.

　바람이 머리카락을 쓰다듬었다.

"어라? 엄마 냄새가 나."

뒤를 돌아봤지만 아무도 없었다. 하지만 어쩐지 큰 소리로 누군가가 날 부른 듯한 느낌이 들어 나는 집으로 뛰어 갔다.

집에 돌아와 보니 현관 열쇠는 열려 있는데 집 안에는 인기척이 없었다.

"다녀왔습니다……. 엄마?"

대답은 없었다. 단지, 열려 있는 창문을 통해 불어온 바람이 불안하게 커튼을 흔들었다. 나는 뺨을 어루만지며 안으로 들어갔다.

"엄마 냄새가… 안 나."

조금 불안한 예감이 스쳐 지나갔다. 내가 불안해지기에는 그것만으로도 충분했다. 차가운 공기가 방 안을 감싸고 있었다.

신발을 벗고 집 안을 둘러보았다. 부엌 문도 열려 있었다. 말린 빨랫감이 흩어진 채로 놓여 있었다.

침실 문을 열어보려는데 "따르르르르르릉." 하고 갑자기 전화벨 소리가 크게 울렸다. 심장이 멈출 것만 같았다. 나는 쭈뼛대며 수화기를 들었다.

"아카리니. 아빠다."

"정말, 깜짝 놀라게 하지 마."

수화기 넘어 들려오는 목소리에 안심이 됐다. 아빠가 계속 말했다.

"엄마가 쓰러졌어. 지금 아빠 병원에 와 있어."

나는 오늘 바다에 들렸던 것을 매우 후회했다.

"다녀왔습니다."

학교에서 돌아와 인사를 해도 대답이 없는 날이 이어졌다. 일부러 큰 목소리로 "잘 먹겠습니다."라고 말을 해도 곰인형인 유이치는 역시나 아무런 대답을 해주지 않았다.

"엄마, 언제 퇴원해?"

아침에만 대화를 나눌 수 있는 아빠를 붙잡고 나는 매일 아침 똑같은 질문을 했다. 그때마다 아빠는 뒷덜미의 머리카락을 손가락으로 뱅글뱅글 어루만지며 "응, 이제 곧."이라고 대답했다. 뱅글뱅글, 뱅글뱅글. 나는 아침마다 그것을 보고 낙심했다. 그 손가락 버릇은 아빠가 거짓말을 할 때 나오는 버릇이었으니까. 그 날 아침에도, 아빠는 나의 똑같은 질문에 "아아, 이제 거의 다 나은 것 같으니 바로 퇴원할 수 있을 거 같아."라고 말하며 머리카락을 평소보다 더 뱅뱅 돌렸다.

'거짓말이구나…….'

"그 머리, 이상해!"

나는 두 손으로 아빠의 손을 붙잡고 손가락을 뱅뱅 돌리는 행동을 그만두게 했다.

그런데 그날, 엄마가 정말로 퇴원했다.

"역시 좋다, 우리 집. 살아 돌아온 느낌이 드네."

"죽지도 않았는데 살아 돌아왔다니, 이상해."

나는 조금 화를 내며 엄마를 쏘아보았다.

"미안, 걱정을 끼쳤네. 여름이 너무 더워서 좀 지쳤었어."

"괜찮아? 신이 준 휴식 기간이라고 생각하고 집에서도 당분간 쉬어."

엄마의 냄새가 오랜만에 돌아왔다.

"대체 얼마 동안을 당분간이라고 말하는 거야?"

"……2주 정도?"

"당분간 하고 잠시 동안 중에 어느 쪽이 더 길까?"

엄마다운 이상한 질문을 들으니 팽팽해져 있던 긴장감이 탁 하고 풀리는 느낌이 들었다.

"엄마, 돌아왔으니 힘내자."

"방금 당분간 쉬라고 했잖아."

"그러네, 안돼, 안돼, 힘내지 않는 걸 힘내지 않으면."

"그러면 힘내는 거잖아!"

변함없는 대화였다. 문득 발밑을 보니 엄마 양말이 한쪽은 흰색, 한쪽은 파란색이었다. 변함없는 엄마의 무심한 센스였다. 나는 그것을 보고 더욱 안심하게 되었다.

"다행이다. 또 허둥대서 양말을 짝짝이로 신었어. 예전의 엄마 그대로야."

"원래 이런 양말인걸. 맞다, 이제부터 아카리에게 열심히 집 안일을 알려줘야 해."

엄마의 얘기가 딴 데로 새는 건 익숙했지만 이 비약적인 대화에 나는 조금 놀랐다.

"집안일? 그건 좀 호들갑이야."

"아카리, 잘 들어. 일단 겨울에는 수도관이 얼지 않도록 물을 조금 틀어둬야 해."

"……왜 그래? 겨울은 멀었잖아."

"겨울이 빨리 찾아오는 해도 있잖아. 긴 겨울도 있고."

엄마는 내 얼굴을 지그시 바라보다가 휙 하고 엄마가 좋아하는 바다를 향해 시선을 돌렸다. 그리고 내 얼굴을 보지 않고 이렇게 말했다.

"시간이라는 건 빨리 지나가 버리니까."

나는 그저 조용히 엄마의 옆모습을 바라보았다.

"아카리, 개 키우지 않을래?"

엄마가 갑자기 제안을 했다.

"하지만 아빠가……."

아까부터 계속 입을 다물고 우리를 보고 있는 아빠의 얼굴을 쳐다보았다. 아빠는 필요 이상으로 크게 고개를 끄덕이면서 말했다.

"아빠도 찬성이야."

아빠의 오른손은 평소보다 더 뱅글뱅글 머리카락을 돌리고 있었다.

"아빠, 개 키워도 돼?"

"응. 아카리를 외롭게 했으니까."

"하지만 이제 엄마가 돌아와서 외롭지 않은데."

"아……아아, 그래도 말이지."

아빠가 무언가를 말하려고 한 것 같아 마음에 걸렸다. 나는 엄마를 바라보았다.

"이제 나 혼자 두지 마, 엄마."

"언제든 나는 너를 보고 있을 거야."

"약속해?"

"약속해. 네 결혼식에 가는 게 무엇보다도 기대되니까."

엄마는 내 머리를 가슴으로 끌어당겨 꼭 안아주었다. 엄마의 냄새가 바로 코앞에서 났다.

엄마의 작은 속삭임이 귀에 들렸다.

"아빠가 기분 좋을 때 개 키우자고 이야기하자!"

"응, 알았어! 개, 정말 키우고 싶어!"

"괜찮지? 아빠."

아빠는 머리카락을 자꾸 뱅글뱅글 돌리며 고개를 끄덕였다.

"개를 키울 때는 개와 열 가지 약속을 해야 해."

"열 가지 약속……. 나 약속 잘 못 지키는데."

"네가 약속을 잘 잊어버린다는 건 알고 있어. 하지만 약속을 지키지 못한다면 키우면 안 돼. 키우는 동안에도 언제나 약속을 떠올려줬으면 좋겠어."

"어떤 약속?"

"개의 마음이 되어 이야기하는 거야."라고 말한 엄마는 머리 위에 양손을 올려 개처럼 귀를 만들고 나를 똑바로 바라보며 말했다.

"첫 번째. 안타깝지만 너와 함께 있는 시간은 10년 정도밖에 안 돼."

"10년……. 내 나이 정도네."

"그래, 네 나이 정도야."

엄마는 가만히 나를 바라보았다.

"두 번째, 서로를 이해할 수 있도록 많은 시간을 나와 함께해주길 바라."

"시간?"

"그래. 나도 아직 너라는 사람을 잘 모르는 걸."

"엄마!"

"세 번째, 나와 이야기를 많이 나눠줘."

"나도 여러 가지 이야기를 나누고 싶어."

"막 키우기 시작할 때에는 모두 그렇게 말하지만 말이야."

"괜찮아! 대화할 상대가 있다는 게 얼마나 행복한 일인지 알았으니까."

"네 번째, 싸움은 안 돼. 그리고 너는 나를 때리면 안 돼. 나는 너를 물지 않을 테니까."

"싸움 같은 거 할 생각 없어!"

"생각대로만 흘러간다면 전쟁도 일어나지 않을 텐데 말이야."

"그런가……. 주의할게."

"다섯 번째. 말을 듣지 않을 때에는 이유가 있는 거야. 혼내기 전에 한 번 더 생각해줘."

"내가 엄마에게 하고 싶은 말하고 똑같네."

"어머 그래? 미안해."

"개는 사람과 똑같구나."

"그럼 여섯 번째 약속이네. 나를 믿어줘, 나는 언제나 네 편이야."

"정말?"

엄마는 크게 고개를 끄덕였다.

"일곱 번째. 너에게는 학교도 있고 친구도 있지만 나에게는 너밖에 없어."

"……나밖에 없어?"

"그래. 아카리밖에 없어."

"생각하고 있었던 것보다 더 큰일이네. 개를 키운다는 거. 그럼 여덟 번째는?"

"여덟 번째는, 내가 나이를 먹어도 계속 관심을 가져줘."

"관심을 안 가질 리가 없잖아."

"사람이라고 해도 웬만해선 할 수 없는 일 아닐까?"

"그렇지 않아! 그럼 아홉 번째는?"

"아홉 번째는……."

크게 숨을 내쉰 엄마는 한 번도 본 적 없는 다정한 얼굴로 천천히 나를 보며 말했다.

"너와 내가 함께 보낸 일들을 나는 절대로 잊지 않을 거야."

나는 두근거리며 대답했다.

"나도 절대 잊지 않을 거야."

"그렇게 해줘. 잊어버린다는 건 제일 슬픈 일이니까."

"약속할게……. 엄마, 왜 그래?"

엄마의 눈에 눈물이 조금 맺혀 있었다.

"으응. ……옛날에 키웠던 개가 떠올라서."

엄마는 재빨리 눈물을 닦았다.

"약속, 지킬 수 있을까?"

"응, 하지만 약속이 아직 아홉 개밖에 없잖아."

"열 번째는 아홉 개의 약속을 지킨 다음에 알아보자."

한 가지 약속을 남겨둔 채로 엄마와의 대화가 끝났다.

가족 간의 대화가 원래대로 돌아온 느낌이 들었다.

"뭐? 그럼 엄마가 아빠 집에 들어갔다는 거야?"

"그래, 들어가 봤더니 마음이 매우 편했어."

"그 자리에서 이곳이 자기 자리라며 멋대로 방석을 깔고 정해버렸지."

"그게 이 방석이야?"

"그래, 그래서 이곳에 앉으면 마음이 차분해지는 걸까."

엄마는 그 방석에 앉아 창문 밖의 바다를 보며 중얼거렸다.

"하지만 방석에 눌러앉은 덕분에 아카리와 만났어. 넌 이 방석의 아이 같은 거야."

"미묘한 기분이지만 고마워, 방석아."

"우리 가족과 만나서 정말 좋았어."

"이상한 가족이지만."

"그래그래, 개를 키울 거면 이 이상한 가족과 어울리는 개로 키워야 개도 괴롭지 않을 거야."

"그런 개는 없어! 그리고 엄마가 있어준다면 개는 없어도 괜찮아!"

즐거운 웃음소리가 가을의 정원에 울려 퍼졌다.

엄마는 퇴원한 뒤부터 종종 아빠의 귀 청소를 해주었다.

"여보, 귀 청소해요."

"또? 너무 자주 하면 좋지 않은데."

"하지만 내 말이 잘 들리지 않는 것 같아서. 잘 듣지 않으면 안 되니까. 잠깐 이리 와봐."

평소의 아빠라면 "미안, 지금 그 얘기 자체가 들리질 않아."라며 싫은 기색을 냈었을 텐데 이때는 신기하게도 순순히 말을 들었다.

가을이 깊어지기 시작한 정원이 보이는 툇마루에서 엄마의 무릎베개를 베고 누워 기분 좋은 듯이 귀 청소를 받고 있던 아빠가 가느다란 눈으로 먼 곳을 바라보았다. 그 모습이 참 행복해 보였다.

엄마는 서투른 손놀림으로 열심히 아빠의 귀를 청소했다.

"좋아, 이제 잘 들릴 거야."

엄마는 일을 하나 끝내서 만족스럽다는 표정을 지은 뒤, 얼굴을 아빠의 귀에 가까이 대고 몰래 무언가를 속삭였다. 때로는 내 쪽을 바라보기도 했다.

나는 엄마가 무슨 말을 하고 있는지 알 수 없었다. 아빠의 귀에서 전보다 조금 야윈 엄마의 입이 작게 움직이는 것을 가만히 바라보고 있었다.

비밀 얘기를 들은 뒤 아빠는 가느다란 눈을 번쩍 뜨고는 무언가 결심한 듯한 진지한 얼굴로 "알겠어."라고 말했다.

무엇을 알겠다는 것인지, 알 수 없었다.

어쩐지 조금 눈이 젖어 있는 것처럼 보였다.

"엄마, 뭐라고 했어?"

"그건 비밀이야."

"치사해! 알려줘!"

"그것보다 엄마 어렸을 때랑 닮았네, 아카리."

"말을 돌리다니. 그럼 몇 십 년 후의 내 모습은 엄마를 보면 알 수 있는 건가?"

"맞아. 안타깝지만 넌 몇 십 년 후에 이런 아줌마가 될 거야."

"아빠, 말이 너무 심해. 아줌마라니. 그렇지, 엄마."

"확실히 훌륭한 아줌마네."

"납득하면 안 돼, 화내야지. 곧 있으면 할머니라고 할지도 모른다고!"

"괜찮아, 나는 할머니는 되지 않을 테니까. 그치 아빠."

"뭐⋯⋯."

아빠는 당황한 얼굴로 가만히 엄마를 바라보았다.

엄마는 쿡 하고 웃으면서 말했다.

"부탁할게, 아빠!"

엄마가 다시 입원한 것은 그로부터 얼마 지나지 않아서였다.

그리고 다시는 이 방에 돌아오지 못했다.

"제일 먼저 알아차려야 할 사람의 병을 나는 알아차리지 못했어."

아빠가 엄마의 방석에 앉아 조용히 중얼거렸다.

12살, 초능력 개는 오이 김밥을 좋아해

엄마가 돌아가시고 맞이한 봄, 나는 중학생이 되었다. 학교에서 집으로 돌아와 절대로 되돌아오지 않는 대답을 내심 기대하며 "다녀왔습니다."라고 얘기하는 것 이외에는 계속 대화할 상대가 없는 하루를 보내며 아빠가 오기만을 기다렸다.

아이러니하게도 "딸과의 시간을 당분간 소중하게 보내고 싶어."라고 말했던 아빠에게 외과 부장 제의가 들어와 아빠는 그 어느 때보다 귀가가 늦어지게 되었다.

저녁 식사도 항상 곰인형인 아빠와 단둘이 먹었다. 곰인형 아빠에게 오늘 있었던 일들을 중얼중얼 이야기하면서 아빠 밥에 랩을 씌운 채 먹는 저녁식사는 매우 맛이 없었다.

곰인형 아빠는 불쌍하게도 항상 "뭐라고 말 좀 해 봐!"라고 감상을 강요당하며 머리를 맞았지만, 그래도 끝까지 입을 다물고 있었다.

아빠가 집에 돌아오는 시간은 대부분 밤 12시 전후였다. 아빠와 내가 만나는 시간은 매일 아침에 식사를 하는 10분밖에 되지 않았다.

쌓이고 쌓인 것을 얘기하기에는 너무나 짧은 시간이었던 두 사람의 아침식사는 매일 메뉴가 정해져 있었다. 두껍게 자른 햄과 토마토, 오이 등의 생 채소. 그리고 낫토. 음료는 우유.

살아오면서 지금까지 요리를 해본 적이 없었던 아빠가 매일 아침 부엌에 서서 만들어 주는 것이었다.

아니, 정확하게 말하면 부엌칼밖에 사용하지 않으므로 '잘라 주었다'고 말하는 편이 나을지도. 의사답게 영양의 균형을 생각한 메뉴였지만 맛의 균형 같은 건 없었다.

그러나 외과 의사여서인지 역시 메스 솜씨, 아니, 부엌칼 솜씨는 불필요할 정도로 훌륭했다. 두껍게 자른 햄은 매번 아주 정확하게 두께가 1센티미터 정도였고, 오차는 1밀리미터도 없었다. 그러나 요리하는 것을 "수술한다."라고 말해 식욕을 빼앗는 건 그만뒀으면 좋겠다고 생각했다. 햄을 자를 때에도 수술의 순서라든지 일을 생각하면서 잘랐을 것 같은 생각이 들었기 때문이다.

아빠는 그 정도로 머릿속이 일로 가득한 사람이었다.

나는 그런 아빠의 일에 질투심까지 느꼈었다.

나는 중학교에 진학한 후에도 친구들과 대화할 마음이 전혀 없었다.

수업 시간에도, 쉬는 시간에도 멀리 보이는 바다의 수평선을 그저 지그시 바라보았다. 등불 띄우기 배가 되돌아가는 저편에 분명 엄마가 있을 거라고. 조금이라도 좋으니 그 모습이 보이지 않을까 하고 계속 찾았다.

나는 친구들이 나를 불쌍하다고 여기는 것 자체가 슬펐기 때문에 이렇게 혼자 있는 편이 편했다. 친구들이 무슨 말을 하면 갑자기 울어버릴 것 같은 느낌이 들었다.

그래도 스스무 군은 끈질기게 내게 말을 걸어주었다.

"아카리, 괜찮아?"

"아카리, 집에 가는 길에 바다에 가볼까?"

"아카리, 재미있는 얘기 해줄까?"

나는 대답하고 싶지 않아 수평선에서 눈을 떼지 않고 그저 조용히 입을 다물고 있었다.

그런 어느 날, 학교에 갑자기 기타 소리가 나기 시작했다. 소리가 나는 쪽을 바라보니 스스무 군이 기타를 안고 열심히 연주를 하고 있었다. 들어본 적이 있는 그리운 곡이었다.

자연스럽게 입에서 말이 새어나왔다.

"그거, 무슨 곡이야?"

"파헬벨의『캐논』이야."

스스무 군은 필사적으로 연주를 하면서 대답해주었다.

나는 가만히 그 곡이 끝날 때까지 들었다. 잊고 싶은 일로 가득 찬 머릿속에 잊고 있었던 엄마와의 즐거운 추억이 떠올랐다.

신기한 연주였다. 필사적인 얼굴로 연주하는 스스무 군을 보고 있자 자연스럽게 입이 누그러졌다.

연주가 끝나고 스스무 군은 "후우." 하고 커다란 한숨을 내쉬었다.

"좀 괜찮아졌어?"

"나는 괜찮아. 괜한 걱정하지 마."

"강한 척하는구나, 아카리."

스스무 군은 모처럼 건넨 호의에 화를 내는 게 이상하다는 듯이 입을 삐쭉거리며 말했다.

내가 스스무 군에게 "기타, 가져온 거야?"라고 묻자 스스무 군은 "이제 겨우 말을 하는구나. 집에서 가져왔어."라고 대답했다.

걱정된 마음에 "가져오면 엄마한테 혼나지 않아?"라고 묻자 스스무 군은 "아마도 혼날 거야."라고 말하며 갑자기 새파란 얼굴을 하곤 눈을 감았다.

"고마워."

나는 마음속으로 고마움을 전했다. 스스무 군은 듣지 못했겠지만.

"저기, 한 곡 더 신청해도 돼?"

"뭐?"

"『타임 애프터 타임』. 엄마가 불렀던 노래야."

"하지만 엄마가 클래식 이외의 곡은 치면 안 된다고 했어."

"한 번만. 나도 노래 부를게. 같이 부르자."

"싫어, 노래하는 것도 연주에 집중할 수 없으니 안 된다고 했어."

"제발 부탁이야."

"그럼 이번 한 번만이야."

스스무 군은 『타임 애프터 타임』을 조용히 연주하기 시작했다. 나는 천천히 작은 목소리로 연주에 맞춰 노래를 시작했다.

갑자기 아빠와 둘만 남겨지고 나니 아빠와 내가 공통적으로 잘 못 하는 것이 있다는 것을 알게 되었다.

바로 대화였다.

엄마가 돌아가시고 나서, 아빠와 얼굴을 마주할 때마다 아빠와 무슨 말을 해야 할지 전혀 감이 안 왔다. 얘깃거리를 매일 찾아보았지만 실패의 연속이었다.

"……키, 커졌구나."

"겨우 이틀 만에? 난 죽순이 아니라고"

"……그렇지, 죽순이 아니지."

"아니야."

"……학교는 어떠니?"

"그냥 그래."

"그래……. 그냥 그렇구나."

"응"

"최근에 재미있는 일은 없었니?"

"어제도 물어봤어, 그거."

"……그런가."

"그러고 보니 말이야."

"저기, 아빠."

"응?"

"왠지 아빠는 적극적으로 이야기하려는 열의가 없는 거 같아."

"……그런가."

어째서 마음과 정반대인 말을 해버렸는지 나도 잘 모르겠지만 대화할 기회를 스스로 망쳐버린 느낌이 들었다.

"아빠, 오늘은 언제 와?"

"빨리 올게."

"정말?"

"아니, 조금 늦을지도."

"……다녀오겠습니다."

이것이 거의 매일 아침 나와 아빠가 나누는 대화였다.

엄마가 언제나 앉아 있던 방석은 계속 엄마의 방 중앙에 놓인 채로 있었다. 몇 번이고 정리하려고 했지만 나는 좀처럼 그 방석을 옮길 수 없었다. 방석과 함께 엄마의 추억도 어딘가로 사라져버릴 것 같았기 때문에.

그 방석 위에 손님이 찾아온 것은 어느 5월의 밤이었다.

장마가 없는 홋카이도이지만 여름이 가까워지는 이 시기에는 비가 조금 많이 내리곤 했다.

그런 어느 날이었다. 언제나처럼 아무도 없는 집에 홀로 있었다. 아빠가 먹지 않을 것이라고 생각하면서도 만든 미역 샐러드. 엄마가 가르쳐준 그 샐러드와 함께 아빠가 오기만을 기다렸다.

비는 좀처럼 그치지 않았다. 시계는 벌써 10시를 지나고 있었다.

외로움을 달래기 위해 켜 놓은 TV에서 흘러나온 CF에서 하드보일드한 눈썹의 탤런트가 말을 하고 있었다.

"♪다바다 바다 바~

남자에게는 혼자 있고 싶은 밤이 있다.

드림 위스키."

나는 위스키를 한 손에 들고 싱긋 웃는 탤런트의 얼굴이 나오는 TV를 향해 "뭐가 다바다 바다 바야!"라고 말하며 리모컨으로 TV를 툭 꺼버렸다.

"혼자는 되고 싶지 않아."

방 안이 매우 고요해졌다. 빗소리만이 조용히 방 안에 울려 퍼졌다.

그런데 갑자기 바스락거리는 소리가 들렸다.

"도둑?"

문이 잠겨 있을 텐데. 나는 불안해졌다.

"누구야? 누가 있는 거야? 아빠?"

소리는 아무래도 엄마 방 쪽에서 나는 듯했다.

사람은 동요하면 무슨 짓을 할지 모른다. 나는 근처에 있는 대파 다발을 쥐고 무장을 했다는 생각으로 미닫이문 너머에 대고 말했다.

"거기 있지? 문 열 거야. 다섯 세고 열 테니까 도망치려면 도망쳐봐. 다섯, 넷, 셋, 둘, 하나, 하나, 하나……."

그러나 움직임이 없었다.

"아무도 없으면 없다고 대답해."

대답은 없었다. 당연한 건지도 모른다.

마음을 먹은 나는 대파를 휘두르면서 방 안으로 들어갔다.

"이얍!!!"

그러나 그곳에는 아무도 없었다.

아니, 있긴 있었다. 엄마의 방석 위에 작은 강아지가 동그랗게 몸을 말고 내가 휘두르는 대파를 불안한 듯이 바라보고 있었다.

"엥?"

깜짝 놀란 나는 당황해서 대파를 바닥 위에 내려놓았다.

"어떻게 된 거니? 어디서 온 거야?"

몸이 조금 젖어 있는 작은 강아지는 일어서서 부르르르 하고 몸을 떨어 빗방울을 털어내더니 다시 방석 위에 올라가 몸을 동그랗게 말았다. 방석 위가 굉장히 마음에 든 것처럼 보였다.

나는 슬쩍 강아지 곁으로 다가가서 아직 조금 젖어 있는 탐스러운 황금색 털로 뒤덮인 머리를 쓰다듬어보았다. 강아지는 기분이 좋은 듯 방석 위에서 잠을 자려고 했다.

"잠깐, 안 돼. 아빠는 개를 별로 안 좋아한단 말이야."

나는 강아지를 방석에서 끌어내어 밖으로 내보내려고 했다. 강아지는 방석이 꽤나 마음에 들었는지 방석 위에서 꼼짝도 하지 않았다. 질질 끌려다닐 뿐이었다.

"일단 집 밖으로 나가자."

나는 강아지를 안아 들고 정원으로 나가려고 했다. 창문을 열자 밖에는 비가 계속 내리고 있었다.

나는 몸이 조금 차가워진 강아지를 빗속으로 내보낼 수 없었다. 아니, 무엇보다도 내가 강아지를 내보내고 싶지 않았다.

"아빠, 오늘 수술이라 늦는다고 했지."

나는 강아지를 숨겨둘 장소를 찾기로 결심했다.

"아빠가 오지 않는 곳, 어디로 할까."

고민을 하고 있는데 현관에서 목소리가 들려왔다.

"다녀왔다, 아카리."

"헉!"

어째서 오늘 같은 날, 이렇게 빨리 돌아온 건지. 아빠와 나의 엇갈린 타이밍은 언제나 이런 느낌이긴 했지만.

발소리가 가까워지고 있었다. 나는 서둘러 방석과 함께 강아지를 벽장 안에 밀어 넣었다.

벽장을 닫은 순간 케이크를 손에 든 아빠가 미닫이문을 열었다.

"오늘은 빨리 왔단다!"

"어째서!"

"왠지 그다지 기뻐하는 거 같지 않네."

평소라면 늦었다고 불만을 들었을 아빠는 이상한 듯이 나를 바라보았다.

나는 벽장을 의식하기 시작했다.

아빠가 벽장에 가까이 가지 않도록.

그때, 벽장 속에서 바스락거리는 소리가 들려왔다. 나는 당황해서 바닥을 가리키며 "거기, 대파 밟지 마!"라고 소리치며 아빠의 관심을 벽장에서 딴 곳으로 돌렸다.

"대파가 왜 여기에 있니?"

아빠는 지구의 7대 불가사의를 발견한 것처럼 신기해 하는 얼굴로 말했다.

"그것보다, 어째서 오늘은 빨리 온 거야?"

"가끔이라도 빨리 오지 않으면 내가 모르는 사이에 우리 딸이 누구한테 끌려갈지도 모르잖아. 그러면 곤란하니까."

웃음기 없는 농담을 건네며 대파 바로 옆에 앉은 아빠는 케이크 꾸러미를 풀고 있었다. 쇼트 케이크와 치즈 케이크의 달콤한 향기가 방 안에 잔뜩 퍼져나갔다.

그러자 벽장 안에서 킁킁 하고 냄새를 맡는 소리가 나기 시작했다.

"응? 무슨 소리지?"

호기심이 많은 아빠의 눈을 속이기 위해 나는 허둥대며 코를 풀면서 말했다.

"흥! 흥! 조금 감기 기운이 있어서. 흥!"

"그렇구나. 조심해. 아직은 좀 추우니까. 그럼, 히터 좀 틀까?"

아빠는 일어서서 히터를 꺼내기 위해 벽장 쪽으로 향했다.

"괜찮아! 괜찮아!"

서둘러서 아빠의 앞을 가로막은 내 등 뒤에서 달그락 달그
락 소리가 났다.

이번에는 벽장을 긁는 소리가 났다.

"……뭔가 있네. 쥐인가?"

아빠는 자세를 낮추고 벽장을 열어보려 했다.

"아무것도 아니라니까."

나는 아빠를 막으려 했지만 그것은 사태를 악화시킬 뿐이
었다.

"누가 있는 거니? 누굴 숨기고 있는 거야?!"

아빠는 나를 쳐다보았다.

"아무도 없어."

"이봐, 거기 누가 있는 거냐? 없으면 없다고 대답해! 화낼
거다!"

이미 화를 내고 있는 아빠는 말도 안 되는 요구를 하고 있
었다.

"이리 나와!"

아빠는 붉어진 얼굴로 문을 열었다.

그 순간, 작은 강아지가 벽장에서 뛰쳐나와 아빠에게 달려

들었다.

"우왓! 개! 개! 개!"

아빠는 3미터 정도 뒤로 휙 날아 쿵 하고 엉덩방아를 찧었
다.

그리고 쏜살같이 케이크를 향해 허겁지겁 달려드는 강아지
를 응시한 채 허리를 문지르며 조용히 말했다.

"……이봐, 치즈 케이크는 내 거라고."

강아지의 얼굴은 이미 치즈 케이크 크림으로 범벅이 되어
있었다.

"왠지 배가 몹시 고파졌어."

아빠는 냉장고에서 꺼낸 낫토를 밥 위에 얹어 섞으면서 나와
뜻밖의 방문자를 향해 말했다.

강아지는 책상 옆에서 아빠가 벗어 놓은 양말의 냄새를 킁킁
맡으며 인상을 찌푸리고 있었다.

"무례한 녀석이군."

조금 화가 난 얼굴을 한 아빠가 말을 이었다.

"안 좋아하는 건 어쩔 수 없어. 크기와 관계없이 말이야. 낫
토를 싫어하는 사람은 알이 작은 낫토도 싫어하잖아."

"겨자를 뿌리면 되잖아."

"그러면 안 돼. 낫토에는 간장만 뿌려 먹는 거야."

아빠는 열심히 낫토를 계속 섞었다.

"나, 이 개 키우고 싶어."

"낫토를 계속 섞으면 치즈 케이크 맛이 난다고 해."

아빠는 화제를 돌리려고 했다.

"개, 키워도 돼?"

아빠는 아무 말 없이 낫토를 더욱 세게 섞고 있었다.

"응? 키워도 돼?"

그러자 아빠는 계속해서 손을 움직이면서도 천천히 낮은 목소리로 말했다.

"개를 키울 때, 개와 열 가지 약속을 하지 않으면 안 된다는 거, 기억하고 있어?"

"엄마에게 들었어. 아홉 가지뿐이었지만."

강아지는 나를 지그시 올려 보고 있었다.

낫토를 섞던 손을 멈추고 아빠가 어쩔 수 없다는 듯이 말했다.

"실은, 엄마하고 얘기했어. 혹시 아카리가 개를 키우고 싶다고 한다면 반드시 허락해주기로. 하지만 그 대신에 개와의 약속은 꼭 지키게 하라고 했지."

"엄마가……."

"응. 그 이야기를 잘 들으라고 귀 청소까지 받았어. 약속, 할 수 있어? 이 개 하고."

"응. 약속할게."

아빠는 신부님 흉내를 내면서 말했다.

"아플 때에도 건강할 때에도 이 개와의 약속을 지킬 것을 맹세하겠습니까?"

"네, 맹세합니다."

강아지도 멍 하고 짖었다.

나는 기뻐서 강아지를 끌어안았다.

아빠는 방금 전까지 뒤섞고 있었던 낫토를 먹으면서 괴로운 얼굴로 말했다.

"……그냥 낫토 셰이크잖아, 이거."

이렇게 강아지와의 새로운 생활이 시작되었다.

시작되었다고 썼지만 실은 이 사이에 한 가지 사건이 있었다.

우리 집으로 들어온 작은 강아지를 키우기로 결정했지만, 주인이 찾고 있을 수도 있으니 다음날 아빠와 함께 경찰서에 이 사건을 보고하러 갔다.

"이 개, 골든 레트리버라는 종이야. 그냥 마을을 어슬렁거릴 법한 개가 아니라고. 얼굴도 봐, 외국인 같잖아."

"응. 확실히 그래. 조금 얼굴이 길어서 프랑스인 같아."

"그러니까 혹시 주인이 찾고 있다면 돌려줘야 해. 분명 찾고 있을 거야."

경찰서로 걸어가면서 계속 중얼거리던 아빠는 개를 키우게 되지 않을 가능성에 조금 기대를 걸고 있는 것처럼 보였다.

경찰서 문을 열고 아빠가 경찰에게 말했다.

"우리 집에 멋대로 들어온 녀석이 있어서요."

"주거 불법 침입이라는 겁니까?"

경찰관이 몸을 쑥 내밀었다.

"네, 어떤 의미로는 수상한 놈이지요. 하지만 분실물 같은 건 아니에요."

"네? 말씀하시는 의미를 잘….."

"미아일지도."

"죄송합니다만 사건 파악이 잘 안 되는군요……."

"이 개입니다."

"개요?"

맥이 빠진 듯이 우리를 바라보는 경찰관의 얼굴을 보고 강아지가 갑자기 짖기 시작했다.

곤란한 표정의 경찰관을 향해 강아지는 더욱 짖어댔다.

"조용히 해! 사람을 얼굴로 판단하지 마!"

아빠는 강아지에게 화를 내기 시작했다.

"확실히 이 사람이 강도같이 생기긴 했지만 제대로 된 경찰 관이라고!"

뾰로통한 얼굴로 경찰관이 말했다.

"이런 건 수색 신청서도 쓸 수 없습니다. 내일까지 주인이 나타나지 않는다면…….'

"않는다면?"

"안타깝지만 처분 당하게 됩니다."

경찰관은 사무적인 어조로 말했다.

강아지는 경찰관을 향해 더욱 짖어댔다.

"죽는다는 거야?"

내가 반문한 그 순간, 아빠가 큰 목소리로 말했다.

"나는 개를 싫어합니다. 하지만 아무리 나쁜 개라 할지라도 이 녀석의 목숨을 빼앗는 일을 그냥 보고만 있을 수는 없군요! 제 직업은 의사입니다! 목숨은 소중합니다!"

경찰관은 어안이 벙벙한 표정으로 아빠를 바라보았다.

"우리가 맡아 키우겠습니다! 가자, 삭스."

"삭스?"

아빠가 강아지를 이름으로 불러서 나는 깜짝 놀랐습니다.

"아아, 오른쪽 앞발이 하얘서 양말 같으니까, 삭스라고 한 거야. 가자!"

"잠깐, 너무 대충 지은 거 아니야? 좀 더 귀여운 이름으로 짓자, 여자아이인 것 같으니까."

"네 이름도 네가 태어난 날 날씨가 밝아서 아카리(역주: 明か

り, 밝다는 의미)라고 지은 거야."

"몰랐어……."

이런 고백을 여기서 들을 줄은 상상하지도 못했지만, 아빠가 화를 내면서 경찰관에게 개를 키우겠다고 선언한 사실은 뛸 듯이 기뻤다.

"알겠니, 사람을 얼굴이나 이름으로 판단하면 안돼, 삭스! 아카리!"

갑자기 이름이 생긴 삭스가 아빠에게 압도되어 살짝 고개를 끄덕이는 것처럼 보였다. 나도 그저 고개를 끄덕였다.

함께 살기 시작했다고는 하지만 아빠가 개를 별로 좋아하지 않는 건 바로 고쳐지지 않았다. 하지만 삭스는 아빠를 매우 좋아했다.

삭스는 아빠의 이불을 정말 좋아해서 밤이 되면 슬며시 아빠의 이불 위로 올라가 몸을 둥글게 말고 잤다.

아침에 울리는 자명종 소리에 "십 분만 더……."라고 말하며 이불 속에서 손을 꺼내 시계를 찾던 아빠의 오른손에 잡힌 것은 차가운 시계가 아닌 따뜻한 무언가였다.

"아….."

이상한 느낌에 움직임이 멈춘 아빠의 손을 누군가가 살짝 핥는 감촉이 느껴졌다.

"우왓, 이런, 히엑!"

덕분에 아빠는 즉시 눈을 뜰 수 있었다.

아빠는 삭스를 집 밖에서 키우려고 했다.

나는 아직은 어리니까 조금 더 클 때까지만 집 안에서 같이 살자고 제안했다. 하지만 아빠는 어릴 때부터 어리광을 받아주면 안 된다는 그럴듯한 이유로 삭스를 집 밖에서 키우려고 했다.

그러곤 매우 빠른 속도로 하얗고 작은 개집을 사 와서 페인트로 '삭스의 집'이라고 문패를 쓰고는 정원 한 구석에 놓인 작은 개집 입구 위에 붙여 놓았다.

"삭스, 여기가 너의 집이야."

아빠는 정원의 멜론 밭을 열심히 파헤치고 있는 삭스에게 만족스러운 듯이 말했다.

그러나 삭스는 작은 개집을 자기 집이라고 인정하지 않았다.

개집으로 데려가도 삭스는 매번 어느새 엄마 방의 방석 위에 둥글게 몸을 말고 앉아 있었다.

"네 집은 저쪽이야."

아빠가 방석에서 떼어 놓으려 해도 삭스는 작은 손과 입으로 방석에 달라붙어서 결코 떨어지려 하지 않았다.

가까스로 개집 안으로 끌고 가도 어느새 다시 방석 위에 올라와 앉아 있었다.

몇 번이고 이 일을 반복한 끝에 아빠가 백기를 들었다.

"알았어. 결국 방석 위에 앉아 버렸구나, 내 운명은 너를 여기에 앉히는 걸지도 몰라."

"그러고 보면 엄마도 그랬지. 아빠는 그런 운명이야."

"이렇게 또 가족이 늘었구나."

우리 가족 속으로 눌러앉은 삭스는 만족스러운 얼굴로 꼬리를 살랑살랑 흔들었다.

"흐음, 신기한 개네."

언제나 가는 해변 방파제에서 스스무 군은 삭스를 바라보면서 말했다.

"참참참!"

훌륭하게 걸려든 스스무 군. 중학생이 되어도 똑같았다.

"변함없이 솔직하게 말을 잘 듣는 아이구나."

"그렇지 않아!" 하고 정색하는 스스무 군이었지만, 부모님의 기대에 부응하며 기타 연습에 열중하는 그의 팔은 꽤 건장해 보였다.

"역시, 개는 만질 수 없는 거구나."

"응, 손가락을 다치면 안 되니까."

검지를 가만히 바라보며 스스무 군이 외로운 듯이 말했다.

스스무 군이 천천히 손가락을 삭스에게 들이밀었다.

"참참참!"

그러나 삭스는 훌륭하게도 고개를 반대 방향으로 돌렸다.

"개에게 졌어……."

낙심한 스스무 군을 보고 삭스가 기쁜 듯이 짖었다.

삭스에게는 몇 가지 신기한 힘이 있었다.

첫 번째는, 바람을 실현해 주는 힘.

이런 일이 있었다.

삭스는 초밥을 정말 좋아했다. 그중에서도 오이 김밥(역주: かっぱ巻き, 초밥의 일종으로 오이를 넣어 만든 일본식 김밥)을 정말 좋아했다.

어느 날, 산책 중이던 삭스가 갑자기 코를 킁킁대면서 기세 좋게 달리기 시작했다. 이럴 땐 늘 초밥 가게로 향했다. 삭스는 가게 앞에 멈춰 서서 조금 열린 문 사이로 코를 삐쭉 내밀고 킁킁 냄새를 맡았다.

"안 돼, 초밥은 비싸단 말이야."

나는 그곳에 앉으려고 하는 삭스를 잡아끌며 그 자리를 떠났다.

삭스는 매우 불만스러운 듯이 세 발자국 걷고 내 얼굴을 보고, 다시 세 발자국 걷고 나를 바라보는 것을 반복하며 내 앞을 화가 난 듯이 걸어갔다. 그러다 갑자기 또 코를 킁킁거리며 달리기 시작했다.

"또?"

하지만 이번에 삭스가 달려간 곳은 가전제품 쓰레기 처리
장이었다.

삭스는 여러 가지 이상한 모양의 물건을 갖고 왔다.

예를 들면, 구두. 우리 집의 구두는 어느 날부터 한 짝씩만
돌아다니고 있었다. 나머지 한 짝은 삭스가 자신의 작은 방 앞
에 가져가 나무 잎사귀나 흙 등 여러 가지 물건을 구두 안에
쑤셔 넣어버렸다.

그리고 사진.

자신이 찍혀 있는 사진을 몰래 어딘가로 가져가 버렸다. 장
식해 두었던 사진도 사라지는 일이 종종 있었는데, 신의 장난
이 아니라면 언제나 삭스의 장난이었다.

마지막으로 철사 옷걸이.

삭스는 그 날도 가전제품 처리장에서 얼굴을 파묻고 있다가
옷걸이를 입에 물고 왔다.

"아무거나 갖고 오면 안 돼!"

그러나 삭스는 옷걸이를 갖고 오지 말라는 말을 듣지 않았
다.

"어쩔 수 없네. 나중에 버릴 거야!"

나는 어쩔 수 없이 옷걸이를 문 삭스와 함께 집으로 향했다.

집에 도착하자 거실 옷장 밑에 손을 넣고 발버둥 치는 아빠가 보였다.

"아파, 어깨가 빠질 것 같아."

"아빠, 뭐해? 이상한 사람 같아."

"바보 취급하지 마! 도장을 떨어트렸는데 안으로 굴러들어가서 꺼낼 수가 없어."

고개를 든 아빠는 삭스가 물고 있는 옷걸이를 보고 눈동자를 반짝거렸다.

"오, 삭스, 좋은 걸 물고 있구나! 잠깐 빌려줘!"

삭스는 꼬리를 흔들면서 옷걸이를 건넸다.

역시 이 개는 아빠를 정말 좋아한다. 나를 대할 때와 태도가 전혀 달랐다.

아빠는 그 옷걸이로 옷장 아래로 굴러들어 간 도장을 꺼냈다.

"꺼냈다! 어? 이건!"

도장과 함께 옛날에 떨어트린 듯한 1만 엔 지폐가 나왔다.

"이것 참 횡재했네. 삭스, 잘 했어!"

아빠가 삭스의 머리를 쓰다듬자 삭스는 기쁜 듯이 짖었다.

"좋아, 그럼 오늘은 이 돈으로 초밥을 먹도록 하자! 어차피 없었던 돈이니까!"

"뭐? 초밥?"

"아카리, 초밥 가게에 전화해! 오이 김밥 많이 만들어 두라고!"

이렇게 해서 삭스는 본인이 좋아하는 오이 김밥을 먹게 되었다.

"바라면 소원은 이루어지는 거야."라고 말하는 것처럼 보이는 삭스의 힘. 알고 보면 삭스에게는 미래를 조금 읽을 수 있는 능력이 있는지도 모른다.

이런 일도 있었다.

아빠가 외출을 하려고 구두를 찾자 언제나처럼 구두가 한 켤레밖에 보이지 않았다.

"구두 어디 있는지 알아? ……삭스, 너지!"

그러나 삭스는 모르는 듯했다.

"출장이라 8시에 출발하는 특급 열차를 타지 않으면 늦는다고! 이봐, 구두 돌려줘."

그러나 삭스는 그날따라 아빠가 하는 말을 무시했다.

"구두, 구두!"

결국 아빠는 새로운 구두를 닦는데 시간이 걸려 특급 열차 시간에 늦어버리고 말았다.

아빠는 "삭스, 널 원망할 거야!"라는 말을 내뱉고 집을 나섰다. 이후 뉴스를 통해 아빠가 원래 타려 했던 특급 열차가 도중에 큰 비 때문에 오도 가도 못 하게 되어 승객들이 4시간 동안이나 에어컨이 나오지 않는 차량에 갇혀 있게 되었다는 것을 알게 되었다.

"삭스, 너 설마 이걸 알고……."

하지만 삭스는 그저 아빠의 구두에 머리를 파묻고 빙글빙글 멍청하게 춤을 추고 있었다.

우연일 수도 있지만 이렇게 우리는 삭스의 장난으로 도움을 받았고, 덕분에 초밥을 먹기도 했다.

신기한 힘이었다.

삭스는 매일매일 크게 성장했다. 나는 마치 삭스의 엄마가 된 듯한 마음으로 삭스가 성장하는 것을 기쁘게 바라보았다.

하지만 기쁘게 생각하지 않는 사람도 있었다.

옆집 아저씨였다. 원래부터 완고하기로 유명한 아저씨였는데, 개를 정말 싫어했다. 아빠는 '별로 좋아하지 않는' 정도였지만 이 아저씨는 '싫어하는' 정도였다. '개(犬)'라는 글자와 닮아서 '태(太)'라는 한자까지 싫어한다는 이 완고한 아저씨는 매일 현관에 나와 죽도를 들고 산책을 나가는 우리를 가만히 노려보았다.

"안녕하세요."

강아지와 나의 10가지 약속
three

말을 듣지 않을 때에는 이유가
있는 거랍니다. 혼내기 전에
한 번 더 생각해주세요.

사람 사이의 신뢰는 깨어지기 쉽다.

그러나 충직한 개는

결코 우리를 배신하지 않는다.

-콘라드 로렌츠-

말을 걸어도, 아무 말 없이 뚱.

삭스가 "멍!" 하고 짖으면 아저씨는 엄청난 기세로 죽도를 휘두르며 "시끄러워! 냥 하고 짖어!"라고 협박했다.

삭스가 멍멍 하고 짖으면 아저씨는 재빠르게 죽도를 휘두르며 "멍 하고 짖지 마! 멍 하고 짖지 마! 개 체스트!"라는 의미를 알 수 없는 말을 외쳤다.

아저씨가 나오기 전에 산책을 가려고 우리는 산책 가는 시간을 빨리 앞당기기도 했는데, 그러면 그 다음날에는 아저씨가 그보다 빨리 일어나 기다리고 있었다. 그래서 언제나처럼 삭스와의 대결이 시작되었다.

가끔 내가 늦잠을 자서 산책을 쉬면 아저씨는 내가 학교에 갈 때까지 현관 앞에서 서서 기다리다가 나에게 "산책 제대로 다니도록 해!"라고 화를 냈다. 마치 기대하고 있었던 것처럼.

미움은 받고 있었지만 삭스는 혼자 사는 아저씨의 아침 페이스 메이커로서 아저씨의 건강관리에 도움을 주고 있는 것이 분명했다. 왜냐하면 나날이 아저씨의 팔 근육이 늘어나는 것 같았기 때문이다.

산책을 가면 여러 사람들과 만나게 된다.

예를 들면 설대로 이름을 기억해 주지 않는, 개를 좋아하는 수학자 아저씨. 언제나 해변으로 향하는 내리막길을 가는 도

중에 중얼중얼 무언가 복잡한 일을 생각하면서 걷고 있는 그 아저씨와 만나곤 했는데 끝까지 이름을 기억해주지 않았다.

"안녕, 포치."

"아니에요, 삭스예요."

"그래! 좋은 이름이구나. 기억해 둘게!"

하지만 다음날 다시 만나면 어제의 일은 말짱 도루묵이었다.

"안녕, 시로."

"아뇨…… 삭스예요."

"그래, 좋은 이름이구나, 타마."

"삭스예요."

"삭스……에쿠스, 오, 떠올랐어."

그러면서 서둘러서 수식을 메모하곤 "됐다, 됐어."라고 말하며 집으로 뛰어 돌아갔다.

그렇게 떠오른 수식이 틀리지 않았기를 바랄 뿐이었다.

삭스는 산책만큼 자전거 바구니에 타는 걸 정말 좋아했다.

자전거 뒷좌석에 달린 짐 바구니에 삭스를 태우고 달리면 얼굴을 쓱 하고 내밀어 얼굴 가득 바람을 맞으며 기분 좋은 듯이 짖었다. 마치 노래하는 것처럼.

그중에서도 바다를 향해 똑바로 내려가는 내리막길을 가장 좋아했다.

"바다다!"라고 외치면서 똑바로 내려가면 뒷좌석에서 즐거운 콧노래가 "쿵 쿵 쿵" 하고 들려왔다.

방에만 틀어박혀 있었던 나는 삭스가 온 뒤로 점점 밖에 나가게 되면서 활발한 중학생으로 변해갔다.

삭스가 온 뒤로 엄마가 돌아가셔서 외롭다는 생각이 조금 없어졌다. 생각할 틈도 없었고 삭스가 계속해서 재미있는 사건을 만들어주었으니까.

어느 날은 화장실 쪽에서 자랑스럽게 나를 부르는 소리가 들렸다. 화장실 쪽으로 가보니 삭스가 변기 위에 앉아 있었다.

"너, 변기를 사용할 줄 아는 거야?"

하지만 곧이어 비통한 목소리가 들렸다.

달려가보니 물을 뒤집어쓰고 부르르르 몸을 떨고 있는 삭스가 있었다.

"골든 레트리버는 영리하다고 들었는데 너는 정말 바보 같아."

삭스는 칭찬을 받았다고 생각했는지 꼬리를 살랑살랑 흔들었다.

"진짜."

함께 웃고 화내고 놀았다. 삭스는 어느새 내 생활의 중심이 되어 있었다. 완벽하게 진짜 가족 이상의 존재가 되어 있었다.

"저와 이야기를 많이 나눠주세요."라는 개와의 약속은 오히려 내가 삭스에게 부탁하게 되었다.

덕분에 나는 곰인형인 아빠에게 말을 거는 일도 마구 화풀이하는 일도 적어졌다. 아빠는 안심한 듯이 언제나 식탁 의자에 앉아 있었다.

진짜 유이치인 아빠도 안심하고 병원 일에 열중하는 것 같았다. 하지만 그것이 나중에 우리에게 큰 문제가 될 거라고는 그 당시엔 미처 알지 못했다.

그것을 아는지 모르는지 삭스는 여전히 아빠에게 맹렬한 애정 공세를 펼쳤다.

"닮았네, 삭스."

아빠가 조용히 말한 적이 있었다.

"누구하고?"

"엄마하고."

"어디가?"

"일단 우리 집에 맘대로 들어와 눌러앉았잖아."

"응, 확실히 그래."

"방석도 정말 좋아하고."

"아아, 파란색 엄마 방석 말이지."

"필요 없는 걸 쓸데없이 모으는 것도."

"삭스는 여러 가지를 잘 모으지."

"엄마는 여행을 가서 여관이나 호텔에 묵을 때면 칫솔이라든지 비누라든지 귀이개 세트, 샴푸 같은 여러 가지 물건을 반드시 가져왔었어."

"맞아, 그랬지."

"뭐, 아빠는 개를 별로 안 좋아했고 지금도 개를 많이 좋아하는 건 아니지만, 왠지 삭스가 미워도 어쩔 수 없는 가족처럼 생각하게 되었어. 그래서 엄마하고 비슷하다고 생각하게 된 걸지도 모르겠네."

"흐음, 아빠가 삭스에 대해 그렇게 말하는 거 처음 들었어."

"못난 자식일수록 귀엽다고나 할까."

"그럼 나는 귀엽지 않은 거구나."

"매우 귀여워."

"……그래."

"삭스는 이야기도 좋아하고."

"삭스는 사람 말을 할 수 없지만 말이야."

"할 수 없지. 그래서 내가 삭스의 목소리를 들으려고 한 걸지도 몰라. 최근에 나는 상대방이 말을 할 수 없어도 들으려 노력한다면 마음을 헤아릴 수 있다는 걸 알게 되었어. 의사란 환자가 소리 내어 하지 않는 말도 들을 수 있어야 한다고 어렴풋이 배우게 되었거든."

"흐음."

"개와의 대화를 이해하면 사람과의 대화를 이해하지 못할

리가 없으니까."

"……아빠, 조금 변했네".

"그래? 나는 전혀 변하지 않았는걸."

아빠는 뒷머리를 뱅글뱅글 만지작거리며 조금 쑥스러운 듯이 말했다.

"하지만 삭스에게서 느껴지는 힐링이 되는 신기한 분위기, 그건 도대체 뭘까?"

"신기해. 내가 기분이 가라앉을 때면 어느새 곁에 다가와서 슬며시 무릎 위에 앉곤 해. 삭스를 쓰다듬고 있으면 어두운 마음이 사라져버려. 배가 아플 때도 삭스는 어디가 아픈지 아는 것처럼 다가와서 날름날름 핥아줘. 그러면 마법처럼 통증이 사라져."

"삭스에게 테라피견의 소질이 있을지도."

"테라피견?"

"의사보다도 더 능숙하게 고통을 제거해주는 개를 말하는 거야. 테라피견 중엔 삭스처럼 바보 같은 개는 없지만."

"흐음…."

"아빠는 수술로 사람을 치료하지만 테라피견은 수술을 하지 않고 몸의 안쪽부터 사람을 치료해. 의사는 테라피견을 이길 수 없어. 생물이란 건 신기하지."

창문 너머를 올려다보니 하늘의 은하수가 여름 밤하늘을 반짝반짝 가로지르고 있었다. 오타루 바다 앞에는 오징어잡이 배의 빛이 가득히 퍼져 있었다. 밤늦게까지 아빠와 나는 삭스에 대해 얘기했다.

"이렇게 아빠와 얘기하는 거, 처음일지도 몰라."

"이것도 삭스 덕분일지도."

개를 싫어하는 옆집 아저씨와 삭스의 싸움은 여전히 계속되었다.

"요즘에 몸집이 커졌다고 해서 목소리까지 크게 내지 마! 작은 소리로 짖어!"

죽도를 휘두르는 아저씨의 손이 날이 갈수록 빨라져 가는 느낌이 들었다.

하얗던 피부도 어쩐지 묘하게 탄탄하게 햇볕에 탄 것처럼 보였다.

삭스는 적의를 노골적으로 드러내면서도 어쩐지 즐거운 듯이 아저씨를 향해 짖었다.

스스무 군은 여전히 참참참 게임에 굉장히 약하고 매우 솔직한 아이였다.

화창했던 그 날도 해변가에서 삭스와 나, 그리고 스스무 군은 바다의 소리를 들었다. 근처 가게에서 팔고 있는 행운 당첨 아이스크림을 먹으면서 우리는 자주 이 곳에서 이야기를 나눴다.

문득, 스스무 군이 중얼거렸다.

"나는 뭐가 되고 싶어서 기타를 연주하고 있는 걸까."

"기타리스트가 되고 싶은 거 아니었어?"

"되고 싶다고 해야 할까, 되라는 말을 들었다고 해야 할까. 어느 순간부터 자신 있는 게 기타밖에 없다고 해야 할까."

"스스무 군은 솔직하니까."

"아빠도 옛날에 기타리스트가 되고 싶었대. 하지만 대회에 나가도 전부 한 걸음이 부족해서 끝나 버렸대. 그러니까 나를 한 걸음 더 나아가게 하려고 엄격하게 연습시키는 거야."

"그랬구나."

"치고 싶은 곡도 못 치고 있는 듯한 느낌이 들어. 아카리에게 솔직하다는 말을 들을 때마다 내가 그렇게 보이는구나 싶고."

"아빠가 말이 많으신 모양이구나."

"나는 아빠와 다른 사람인데 말이야. 뭐랄까 아빠의 인생을 다시 살게 하려는 것 같아."

"하지만 나는 부러워. 그렇게 말해주는 아빠가 있는 게."

"뭐?"

"우리 집은 그런 얘기도 할 수 없을 정도로 아빠가 바빠서 집에 없으니까. 스스무 군의 아버지는 기타 교실을 하시니까 언제나 집에 계시지?"

"그게 괴롭지만 말이야."

"우리 집은 반대야. 언제나 없으니까. 삭스가 없었다면 외로워서 너무 힘들었을 거야."

"어렵네, 적당하다는 건 어떤 걸까?"

둘이서 조금 기운이 빠진 듯이 조용히 바다를 바라보며 이야기를 나누던 중에 스스무 군이 갑자기 내 쪽을 가리키며 "아, 아타리!" 하고 목소리를 높였다.

"있잖아, 나는 아카리야. 아타리가 아니야."

"아니, 미안 아타리(역주: 当たり, 일본어로 '맞았다, 당첨됐다'라는 뜻을 갖고 있다) 당첨됐어, 아이스크림!"

내 손 안에 쥐어진 아이스크림 막대기에 '당첨'이라는 글자가 보였다.

"어라, 진짜네. 당첨이야! 당첨됐어! 삭스, 이것 봐! 한 개더야!"

껑충 뛰며 기뻐하는 나를 보고 삭스도 뛰며 기뻐했다.

"스스무 군은?"

"……안 물어봤으면 좋겠어."

아이스크림의 결과는 나는 '당첨', 스스무 군은 '다음 기회에'였다.

"당첨됐다! 당첨됐다! 분명 뭔가 좋은 일이 있을 거야."

얼굴 가득 미소를 띠며 무척 기뻐하는 내 주위를 삭스는 기쁜 듯이 멍멍 짖으며 돌았다.

　당첨이 되지 않은 스스무 군은 지그시 바다의 소리를 들었다.

　삭스는 변함없이 아빠의 구두를 숨기기도 하고, 자신의 그림자와 싸우기도 하며, 장미꽃 냄새를 맡으려다 가시에 코를 찔려 캉캉 하고 뛰기도 하면서 영리한 개로는 보이지 않는 바보 같은 행동을 했다.

　하지만 '변함없이'라는 것은 언젠가 변하는 것이었다.

　삭스의 상태가 이상해진 건 화창한 어느 겨울날 아침이었다.

　평소보다 조금 빨리 일어나 혼자서는 잘 맬 수 없는 넥타이를 몇 번이고 고쳐 맨 아빠는 잼을 흘리면 안 된다며 아침도 먹지 않고 현관으로 향했다.

　하지만 아빠가 제일 마음에 드는 가죽 구두가 보이지 않았다.

　"이봐, 삭스. 또 구두를 숨긴 거냐. 지금 구두 찾기 놀이를 함께해줄 시간이 없어, 삭스!"

　조금 짜증을 내면서 아빠는 기둥 그림자에 숨어 상황을 엿보고 있는 삭스를 노려보았다. 하지만 삭스는 구두를 갖고 오지 않았다. 평소라면 장난이 들킨 건가 하는 표정을 지으며 살금

080

살금 가져다 놓았을 텐데 말이다.

아빠는 무슨 일이 있는지, 그날은 그 구두만을 고집했다. 그 구두를 신고 가는 날은 언제나 큰 회의라든지 출장 같은 일이 있었다.

"아빠, 다른 구두 신으면 안 돼? 삭스에게 내가 받아둘 테니까."

내가 아빠에게 제안해 봤지만 "싫어, 오늘은 그 구두를 신고 싶어."라며 아빠는 양보하지 않다.

아빠와 삭스의 밀고 당기기가 계속되었지만, 나가지 않으면 안 되는 시간이 되어 아빠는 마지못해 조금 먼지가 묻은 구두를 열심히 그러나 서투른 솜씨로 닦곤 서둘러서 가방을 한쪽 손에 들고 나갔다.

그랬더니 갑자기 삭스도 따라 나갔다. 삭스는 아빠에게 "가면 안 돼."라고 말하는 것처럼 심하게 짖어댔다.

조금 안 좋은 예감이 스쳐 지나갔다. 삭스가 또 어떤 사고를 예감해서 아빠를 가지 못하게 하고 있는 걸지도 몰라.

하지만 그건 아빠도 느끼고 있었을 것이다. 여태까지 삭스에게 제일 많이 도움을 받은 사람은 아빠였으니까. 하지만 아빠는 가는 걸 멈추려 하지 않았다.

"삭스, 비켜줘 서두르지 않으면 안돼."

삭스를 피하는 것처럼 스텝을 밟고 아빠는 쏜살같이 역으로 달려갔다.

앞으로 어떤 사건이 일어날 것인지 알면서도 달려가는 것처럼.

삭스는 멀어져가는 아빠를 가만히 바라보며 슬픈 듯이 "컹!" 하고 긴 울음소리를 내었다.

그 날, 나는 학교에서도 아빠에게 사고가 일어나는 게 아닐까 하는 불안감으로 어쩔 줄 몰라했다.

"오늘 아카리가 좀 이상하네."

방과 후, 섬세한 스스무 군이 내 마음의 동요를 느끼고 말을 걸어주었다.

"아무것도 아니야! 시끄러워!"

나는 스스무 군에게 마구 화풀이하면서 더욱더 강하게 느껴지는 나쁜 예감을 참지 못하고 집으로 뛰어 돌아갔다.

그러나 저녁이 되자 아빠가 아무 일도 없었다는 듯이 병원에서 돌아왔다.

"다행이다. 아무 일도 없어서. 삭스가 호들갑을 떨어서 걱정했어. 어라, 그러고 보니 삭스는?"

삭스는 자기 집에서 나오려고 하지 않았다.

"이상하다. 모처럼 아무 일도 없었는데."

그랬더니 갑자기 아빠가 내 눈을 가만히 바라보며 말하기 시작했다.

"아카리, 전근이 결정됐어."

"뭐?"

"삿포로에 있는 병원으로. 아빠의 수술 실력을 높게 평가한 분이 대학병원으로 스카우트해주셨어."

"잘 된 일이네!"

"이사할 거야."

"뭐?"

"삿포로로 이사해야 해."

"뭐라고! 모처럼 학교도 익숙해졌는데. 또 삭스랑만 있게 되는 거구나….'"

"미안한데 개는 키울 수 없어."

나는 무슨 말을 하는지 잘 이해할 수 없었다.

삭스는 자신의 작은 방 안에 틀어박힌 채로 움직이려고 하지 않았다.

"대학병원의 기숙사에서 살게 될 거야. 근데 그곳은 반려동물을 키울 수 없어."

아빠는 나와 시선을 마주치지 않으면서 말했다.

"그럴 수가! 그럼 삭스는 어떻게 되는 건데!"

"언젠가 기숙사를 나가서 집을 찾아보자. 그때까지만 참아줬으면 좋겠어."

아빠는 미안하다는 듯이 말했다.

"언젠가라는 게 언제야?"

"그건…… 언젠가야."

아빠는 조금 자신이 없는 듯한 목소리로 말했다.

삿포로로 이사 가는 날은 금새 다가왔다. 짐을 트럭에 모두 싣고 아빠가 말했다.

"잊어버린 건 없지?"

"잠깐만, 찾아올게."

어쩐지 커다란 걸 잊은 듯한 기분이 들어 나는 현관문을 열고 한 번 더 집 안을 둘러보았다.

거실. 아빠의 서재. 내 방.

나는 천천히 집안의 방 하나하나를 돌아보았다.

그날, 그때, 그 얼굴.

이곳에서 보낸 많은 시간의 냄새가 벽에 많이 배어 있었다.

살짝 벽을 만지자 수많은 기억들이 몸속으로 흘러들어왔다.

나는 방 하나하나에 "안녕."이라고 말하고 문을 닫았다.

마지막으로 엄마 방으로 가자 창문을 통해 바다가 눈에 들어왔다.

"이 바다와도 이제 헤어져야 하네."

햇볕에 그을린 다다미는 엄마가 정말 좋아했던 방석이 언제나 놓여 있었던 곳만 색이 조금 짙어져 있었다. 나는 방석이 있던 곳에서 엄마 흉내를 내며 앉아 주변을 빙 둘러보았다. 엄마가 정말 좋아했던 풍경이 나를 감싸고 있었다.

"마지막으로 엄마가 앉아 있었던 것도, 그리고 삭스가 처음 앉아 있었던 것도 이 곳이었어."

이곳에 묻혀 있는 모든 추억을 떠올리려고 했지만 아무리 노력해도 중요한 무언가를 잊어버린 듯한 느낌이 계속 들어 떠나지 못했다. 무언가를 찾고 싶은 느낌이 들었다.

어느새 집안으로 들어온 삭스는 언제나 그랬듯 이 곳에서 하품을 하며 누우려 했다.

"삭스, 이곳과는 이제 작별이야."

알고 있는 건지 모르는 건지, 삭스는 방의 여러 곳의 냄새를 킁킁 맡았다.

나도 삭스를 흉내 내며 킁킁 하고 냄새를 맡았다.

그래서인지 엄마의 냄새가 난 듯한 느낌이 들었다.

바람이 불며 지나갔다.

"자, 트럭 출발할 거야."

열려 있는 현관에서 아빠가 말했다.

나는 엄마와 삭스와의 추억 몇 가지를 잊어버린 채 "안녕." 하고 인사를 한 뒤 현관문을 닫았다.

삭스는 당연한 듯이 집 안으로 되돌아가려고 했다. 나는 그런 삭스를 안아 집에서 떼어 놓았다. 그리고 사라져가는 트럭을 함께 바라보았다.

"자, 우리도 역으로 출발하자."

아빠가 탁 하고 내 어깨를 두드렸다.

정원에는 삭스가 파 놓은 몇 개의 구멍이 외로운 듯이 뻥 뚫린 채로 있었다. 어느새 무성히 자란 멜론의 이파리가 살랑살랑 흔들리고 있었다.

오타루 역의 0번선 홈에서 스스무 군이 기다리고 있었다.

"어떤 수를 써서라도 데려가면 안 되는 거야?"

스스무 군은 삭스의 얼굴을 바라보며 말했다.

삭스는 아무것도 모르면서 기쁜 듯한 얼굴로 꼬리를 흔들었다.

"응. 그러니까 스스무 군. 당분간 삭스를 부탁해."

"……. 개를 별로 안 좋아하지만, 노력해볼게."

나는 스스무 군에게 삭스를 맡아달라고 부탁했다. 아빠가 말한 '언젠가'라는 약속을 하고.

그때는 스스무 군의 부모님이 연주할 때 중요한 손가락을 다칠지도 모른다며 크게 반대하고 있다는 사실은 전혀 눈치 채지 못했다.

"당분간 못 보겠네."

스스무 군이 삭스의 줄을 오른손으로 꽉 붙잡으면서 말했다.

"그러네, 못 보게 되었네."

나는 조용히 중얼거렸다.

그러나 스스무 군이 건넨 "조금 외롭겠다."라는 말에 참을 수 없게 되었다.

"헤어지고 싶지 않아, 삭스!"

나는 삭스의 몸을 꽉 끌어안았다.

삭스는 아직까지 상황을 이해하지 못하고 내가 자신을 끌어안은 것을 크게 기뻐했다.

"······날 말한 게 아니구나."

스스무 군이 조금 퉁명스러운 목소리로 중얼거렸다.

열차가 출발하는 시간이 다가왔다.

"그럼 안녕, 삭스. 말 잘 들어야 해."

나는 다시 한 번 삭스를 꼭 끌어안은 뒤 마음을 다잡고 열차에 올랐다.

함께 타려고 하는 삭스를 스스무 군이 줄을 잡아당겨 멈추게 했다.

삭스가 "왜 그래?"라고 물어보는 듯한 얼굴로 나를 바라보았다. 삭스는 슬픈 눈으로 나를 똑바로 쳐다보고 있었다.

"미안해, 삭스."

나는 삭스를 향해 말했다.

모든 것을 깨달은 삭스는 갑자기 짖어댔다.

0번선의 '0'이라는 숫자가 더욱 가슴 아프게 느껴졌다.

"미안해, 삭스와의 약속을 한 개도 지키지 못했네."

삭스는 슬픈 듯이 계속 짖었다. 열차에 올라타려고 하는 삭스를 스스무 군이 좀 더 강하게 줄을 잡아당겨 막았다.

삭스는 원망하는 듯한 표정으로 스스무 군을 향해 짖었다. 몇 번이고, 몇 번이고.

"나한테 화내지 마, 삭스."

스스무 군이 작은 목소리로 말했다.

"나도 슬프다고…."

열차는 천천히 역을 떠났다.

나는 열차가 빨리 달리기를 바랐다. 그렇지 않으면 삭스와 헤어지고 싶지 않은 마음이 열차를 쫓아올 것 같았기 때문이다. 홈 끝에 서서 쉬지 않고 짖는 삭스와 오타루의 마을이 눈물로 얼룩져 점점 작아지고 있었다.

아빠가 살짝 내 어깨에 손을 올려 놓았다. 나는 그 손을 뿌리치고 아빠를 조용히 째려보았다.

그날 밤은 지칠 때까지 울었다. 그러지 않으면 너무 슬퍼서 잠들 수 없었기 때문이다.

14살, 아빠는 거짓말쟁이

삿포로의 학교는 조금 외진 시골에서 온 전학생이 익숙해지기엔 조금 시간이 걸릴 것 같은 느낌이 들었다.

"외로우면 뭐든지 말해."라며 모두가 매우 친절히 대해줬다. 하지만 나는 그 친절이 엄마가 없다는 호기심과 동정에서 비롯된 것 같은 느낌이 들어 친구들과 조금 떨어진 곳에서 멍하니 창문 밖을 바라보는 시간이 많아졌다.

아빠는 전보다 더 집에 돌아오는 날이 줄어들었다.

뇌 전문 외과 의사로서의 실력은 도쿄에서 일부러 진찰을 받으러 오는 사람이 있을 정도로 훌륭했다. 아마도 아빠는 바쁘다고 느낄 새도 없었을 정도로 바빴을 것이다.

당연히 집에 일찍 들어왔으면 좋겠다는 나의 말을 들어줄
여유도 없었다.

"지금뿐이야. 지금이 지나면 아빠는 좀 더 큰일을 할 수 있
어."

그것이 삿포로에 온 이후 생긴 아빠의 입버릇이었다.

"조금만 더 참아줘, 아카리."

매일 밤 혼자서 저녁 식사를 했다. 언제 끝날지 모르는 '조금
만'의 끝을 기다리면서.

그리고 이곳에는 나와 함께 아빠의 귀가를 기다려주었던 삭
스가 없었다. 곁에 있어주었던 존재가 갑자기 없어지는 것만
큼 외로운 일은 없다는 것을 나는 다시 한번 느끼게 되었다.

"삭스 보고 싶다."

한 마리의 개가 나에게 이렇게 커다란 존재가 되었을 거라고
는, 이런 상황이 오기 전까지 알지 못했다.

지금까지 찍어 놓았던 삭스의 사진이 시골 레스토랑에 붙어
있는 '가게에 방문한 탤런트 사진'처럼 내 방 벽 한 면에 붙어
있었다. 매일 밤, 사진을 한 장 한 장 지그시 바라보면서 밤이
깊어지기를 기다렸다.

등하굣길에 개를 산책시키는 사람과 만나면 가만히 그 모습
을 바라보았고, 그러다 보면 시간이 몇 십 분이나 지나 있는

일도 종종 있었다.

　어느 날, 스스무 군이 두꺼운 편지를 보내 왔다. 안에는 스스무 군과 삭스가 함께 찍힌 사진도 몇 십 장 들어 있었다.
　제일 첫 장에는 "혹시 도움이 필요하면 언제든 연락해."라는 메시지와 삭스의 사진이 붙어 있는 손수 만든 수제 엽서가 있었다.
　"연락하라니……. 그럼 매일 연락하게 될 거야, 스스무 군."
　나는 그 엽서를 벽에 핀으로 붙여 놓았다. 그리고 삭스의 사진을 방 안에 나란히 놓았다. 바보 같은 얼굴과 윙크하는 (것처럼 보이는) 얼굴. 하품하는 얼굴.
　"삭스, 잘 지내는 모양이네, 내가 없어도."
　사진을 한 장 한 장 볼 때마다 내 마음에 조금씩 미소가 번졌다.
　하지만 내가 아닌 다른 사람과 즐겁게 지내고 있는 삭스의 사진을 보는 건 조금 외롭기도 했었다.
　"전화해볼까."
　문득 나는 생각했다.
　"그야, 언제나 연락하라고 쓰여 있었잖아."
　나는 벽에 붙어 있는 그림엽서를 보면서 수화기를 들었다. 몇 번 신호가 울리고 스스무 군의 어머니가 전화를 받았다.

"안녕하세요, 사이토 아카리인데요, 스스무 군 있나요?"

"아카리구나. 오랜만이야."

"잘 지내시지요? 삭스를 맡기게 되어 죄송합니다."

"덕분에 스스무의 기타 실력이 조금 뒤쳐졌어."

조금 화난 것 같은 목소리가 들려왔다.

"네……."

"언제 손을 물려 다칠지 몰라 걱정이야. 손가락은 기타리스트의 생명이니까. 조금만 감각이 변해도 소리가 변해 버리거든."

"죄송합니다."

"어쨌든 빨리 개를 데려가 주지 않을래?"

"개가 아니에요. 삭스예요."

나는 정색하며 대답했다.

"개는 개잖아. 아니니?"

나에게 삭스는 삭스예요. 다른 무언가가 아니에요.

하지만 이런 이야기를 해봤자 알아주지 않을 거라는 생각이 들어 나는 조용히 수화기를 쥐고 있었다.

그랬더니 수화기 너머로 스스무 군의 목소리가 들렸다.

"여보세요, 아카리?"

나는 마음이 놓여 대답했다.

"스스무 군? 어때, 잘 지내?"

"잘 지내. 감기에 조금 걸렸지만."

"감기? 괜찮아? 불쌍해, 우리 삭스."

"……내가 걸렸다는 거야."

"뭐야, 깜짝 놀라게 하지 마."

"내가 감기에 걸렸다고."

불만스러운 목소리가 들렸다.

"그런 건 그냥 정신으로 이겨내. 그것보다 삭스 바꿔줄 수 있어?"

"그것보다라니……."

스스무 군은 마지못해 삭스를 바꾸어주었다.

"삭스?"

내가 말을 하자 기뻐하는 삭스의 목소리가 들렸다.

"멍! 멍! 멍!"

"삭스! 사진 봤어! 많이 컸더라."

수화기 너머로 짖고 있는 삭스의 목소리는 여전히 그대로 였다.

"보고 싶다, 삭스."

수화기 너머로 삭스가 외로울 때 내는 "크응." 하는 콧소리 가 들렸다.

말이 통하는지 통하지 않는지는 관계없었다. 나는 잠시 동 안 삭스와 쌓인 이야기를 했다. 사용하는 말이 달라도 마음을 전할 수 있다고 확신할 수 있을 정도였다.

삭스와의 이야기를 끝내자 마음이 놓인 탓인지 갑자기 졸음
이 밀려왔다.

"스스무 군!"

기다리고 있었다는 듯이 전화를 바꾼 스스무 군.

"왜?"

"그럼 잘 있어!"

그때는 오랜만에 삭스의 목소리를 들은 기쁨 때문에 다른
사람의 마음을 생각해주지 못했다. 이 부분은 조금 반성하고
있다.

싯포로에 사는 동안 나는 학교에서도 집에서도 언세나 혼
자였다.

대화 상대가 없으니 이야기하는 것 자체가 서툴러지는 듯한
기분이 들었다.

"외롭지 않니?"

아빠는 때때로 무언가 생각난 듯이 당연한 것을 물어보았다.
나는 내 본심을 말해도 바쁜 아빠가 해줄 수 있는 건 아무것도
없다는 사실을 알고 있었다.

"아니. 친구 많이 생겼어."

나는 언제나 강한 척을 하며 대답했다.

"그래, 그렇다면 다행이구나."

아빠는 그때마다 안심한 듯한 표정을 지었다.

다만, 내 방 벽에 삭스 사진이 매일매일 늘어가는 것을 보곤 미안한 듯한 얼굴로 나를 바라보았다.

사진은 내 외로움의 크기만큼 붙어 있었다.

"밝아졌구나, 아카리."

나는 아빠에게 보여준 강한 모습이 거짓말이 되지 않도록 나도 모르는 사이에 전학 간 중학교에서도 일부러 밝게 행동하고 있었다. 친구들은 "삿포로에 익숙해졌구나."라고 말하며 기뻐했지만 실은 전혀 익숙해지지 않았다.

그곳에 있었던 건 거짓된 나 자신이었다.

나는 외로움의 반동처럼 열심히 장난치며 놀았다. 내가 하는 말들은 전부 진심에서 나오는 말들이 아니었다. 억지로 밝게 행동하지 않으면 눈물이 나올 것 같았으니까.

마음은 언제나 바다의 냄새가 나는 오타루 마을을 찾고 있었다. 하지만 이곳은 창문을 열어봐도 바다가 없었다. 그저 옆 빌딩의 벽이 답답하게 나를 가둬두고 있었다. 삭스도 훨씬 더 먼 곳에 있었다. 내 마음은 닫혀 있었다.

나는 밖에서 무리하게 밝게 행동한 탓에 집에 돌아오면 혼이 빠진 것처럼 몹시 지쳤다. 그래서 집에서는 아무 말도 하지 않았다. 아빠가 이를 신경 쓰고 대화를 하려고 노력했다.

"아카리…… 많이 자랐구나."

"어제도 그 말했어. 그렇게 빨리 자라진 않아. 죽순도 아니고."

"그렇지……."

이처럼 금방 끝나 버리는, 마음이 담기지 않은 대화뿐이었다.

그런 내가 유일하게 마음을 편히 놓을 수 있었던 시간은 스스무 군의 전화가 왔을 때였다. 어느 날부턴가 나는 스스무 군에게 전화가 오기만을 기다렸다.

"오늘은 스스무 군에게서 전화가 올까?"

전화가 안 오면 "스스무 군은 뭐하고 있을까?"라는 생각을 하며 언제나 전화가 오기만을 기다리게 되었다.

한동안 전화가 오지 않으면 불안하고 외로워서 가슴이 두근두근 떨리고 진정되지 않았다.

지금까지 느껴본 적 없는 불가사의한 감정이었다.

"삭스는 참 무례해, 내가 기타를 치고 있으면 하품을 하며 잔다니까."

"스스무 군, 그거 재능이야. 잠을 자지 못하는 사람들도 많은 세상에."

강아지와 나의 10가지 약속
f o u r

제가 나이를 먹어도
계속 관심을 가져주세요.

개의 충성심은 인간과의 우정 그 이상의

어떠한 도덕적 책임감도 필요로 하지 않는

그들의 고귀한 본성이다.

-콜라도 로렌조-

"여전히 엄격해. 하지만 『타임 애프터 타임』을 치면 기쁜 듯이 꼬리를 흔들면서 들어줘. 메트로놈처럼."

"그 노래, 내가 자주 불렀어. 엄마가 좋아했던 노래였으니까."

"삭스가 치라고 조른다니까."

"삭스도 그 노래를 좋아하나 봐. 쳐줘!"

"하지만 엄마가 클래식이 아닌 곡은 치지 말라고 그래서……."

"엄마가라니. 스스무 군은 착하다니까."

"역시 아카리는 엄격하다니까."

스스무 군과 통화가 끝나면 매우 행복해져서 혼자 집을 지키는 것도 즐거웠다.

그러나 즐거웠던 스스무 군의 전화가 갑자기 오지 않게 되었다.

삭스의 근황을 들을 수 없는 것도 걱정이었지만, 어느 순간부턴 스스무 군의 목소리를 들을 수 없게 된 것이 더 불안했다.

나는 몇 번이고 전화기를 들었지만 "걔는 기타 연습에 방해가 돼. 손가락이라도 다치면 어떡할 거야."라며 삭스를 맡는 걸 별로 좋게 생각하지 않는 스스무 군의 부모님이 떠올라 좀처럼 전화를 할 수 없었다.

매일 밤 전화를 기다렸지만 좀처럼 전화가 걸려오지 않았다.

그리고 매우 오랜만에 걸려온 전화는 스스무 군의 외로운 목소리로 시작되었다.

"아카리, 미안해."

"무슨 일이야, 걱정했어."

"삭스 말하는 거지? 삭스는 괜찮아."

"스스무 군, 무슨 일 있었어?"

"미안, 앞으로 삭스와 함께 있어 주지 못하게 되었어."

수화기 너머로 삭스가 외로울 때 내는 울음소리가 "쿵!" 하고 울렸다.

"왜? 어째서?"

"파리에 있는 음악 학교로 가게 되었어. 아빠와 엄마가 나도 모르게 신청해 버렸더라고. 지금 이대로라면 연습에 집중할 수 없을 거라면서."

소중한 것이 또 하나 없어져버리는 것 같은 느낌이 들었다.

스스무 군이 파리로 떠나는 날이 3일 후로 다가왔다.

그날 밤은 늦게까지 아빠의 귀가를 기다렸다.

12시가 지나자 조금 술 냄새를 풍기며 아빠가 돌아왔다.

"안 자고 있었니, 아카리."

아빠가 조금 놀란 얼굴로 말했다.

"늦었네."

"미안, 원장님이 중요한 이야기가 있다고 해서 조금 마셨어."

술을 깨기 위해 커다란 컵에 물을 담아 마시면서 아빠가 말했다.

"나도 중요한 얘기가 있어."

"너도 있구나."

아빠는 마시고 있던 물을 서둘러 삼키고 조금 사래가 들린 듯 쿨럭거리면서 말했다.

"중요한 얘기가 뭐니?"

"스스무 군, 프랑스에 있는 음악 학교로 가 버린대."

"프랑스?"

"그래, 삭스는 당분간 스스무 군의 어머니가 봐주겠지만 앞으로는 다른 사람에게 부탁하고 싶대."

"그렇구나……."

"개는 기타 교실에 방해가 되니까. 다칠지도 모르고, 짖으면 시끄럽고."

"또 누군가를 찾아야 하는 건가."

"다시 삭스와 함께 살 수는 없는 거야? 언젠가는 함께 살게 될 거라고 약속했잖아. 이번에도 '언젠가'는 오지 않는 거야?"

"미안, 조금만 더 기다려줘."

아빠는 미안한 듯이 얼굴을 긁었다.

"지금은 아빠에게 매우 중요한 때야. 오늘 늦은 것도……."

"스스무 군, 이번 주 금요일에 출발한대."

"이번 주 금요일이라고?! 금방이잖아."

아빠는 깜짝 놀라 물을 서둘러 삼키다가 다시 사레가 들려 아까보다 더 심하게 기침을 했다.

"응. 말하기 괴로워서 가만히 있었대. 스스무 군답지."

"그렇구나."

"공항에 마중 나가도 돼? 학교를 가야 하긴 하지만."

아빠가 안 된다고 말할 것 같아 슬며시 물어보았다.

사실 안 된다고 해도 몰래 다녀올 생각이었다. 당분간 스스무 군과 만날 수 없게 되어버리는 거니까. 생각만으로도 가슴이 약간 아파왔다.

"마중이라. 좋아. 다녀와."

아빠에게서 의외의 대답이 나왔다.

"가자. 마침 아빠도 병원 휴가야. 차로 함께 가자. 스스무 군의 어머니에게 인사도 하고 싶고."

"꼭 갈 거야! 고마워, 아빠. 하지만 약속 잊지 마."

"그래, 꼭 지킬게."

스스무 군과 삭스를 만날 수 있는 금요일이 기대되면서도, 한편으론 금요일이 오지 않길 바라는 마음도 있었다.

"미안하지만 병원으로 서류를 가져다주겠니."

물건을 잘 잃어버리는 아빠의 전화를 받고 아빠의 병원 연구실에 서류를 전해주러 간 건 스스무 군이 출발하기 이틀 전이었다.

"죄송해요, 물건을 정말 잘 잃어버리셔서."

간호사인 토모 씨에게 서류를 건넸다.

"진찰에 집중하시느라 여러 가지 잊어버리시는 모양이네."

토모 씨도 웃으면서 대답해주었다.

"아빠는 금방 한 약속 같은 것도 잘 잊어버려요. 나도 잊어버린 거 아닌가 몰라."

뾰로통하게 말하는 내게 토모 씨는 "하지만 선생님은 언제나 너를 생각하고 계셔, 맞다, 얼마 전에…."라며 아빠의 책상에 끼워진 내 사진을 바라보며 이야기를 시작했다.

"귀 청소를 해줄 수 있냐고 부탁하셨어."

"귀 청소?"

"네 목소리를 제대로 듣고 있는 건지 모르겠다고 하시더라고. 돌아가신 부인이 자주 귀 청소를 해주셨다지."

"아빠가 그러셨군요."

"며칠 전 갑자기 말할 수 없게 된 남자애가 온 적이 있는데."

토모 씨는 아빠가 진찰하고 있던 한 남자아이에 대한 이야기를 하기 시작했다.

"그 아이의 아빠가 유명한 변호사라 항상 그 남자애에게 변호사가 되라고 말했던 모양이야. 그런데 갑자기 그 아이가 말을 할 수 없게 되어 솜씨 좋은 뇌 전문 외과의로 평판이 자자한 선생님께 데려온 거야. 사이토 선생님이 남자애의 머리 엑스레이 사진을 지그시 보시곤 그 변호사에게 이렇게 말씀하셨어."

토모 씨는 미간을 찌푸리고 조금 오버스럽게 아빠를 흉내 내면서 이야기를 이어갔다.

"'이 아이의 뇌에 안 좋은 부분은 없습니다. 안 좋은 건 이 아이가 아닐지도 모릅니다.'라고 하셨어. 깜짝 놀란 얼굴을 한 변호사에게 선생님이 '얘기를 하려면 얘기하고 싶은 상대가 필요합니다. 아버님, 이 아이의 얘기를 들어주고 계신가요? 듣고 있던 건 대답만이 아니었나요?'"

"대답만?"

"'이거 해라, 저건 하지 마라, 라는 말은 대화가 아닙니다. 명령이라서 대답이 네, 아니오밖에 없었을 테지요. 그건 대화를 하는 게 아닙니다. 일이 바쁘신 건 알고 있습니다. 하지만 얘기할 시간이 없으면 얘기를 할 수 없습니다. 잘 들어주지 않으면 얘기를 할 수 없어요.'라고 하셨어. 좋은 말씀을 하셨지."

토모 씨의 흉내가 아빠랑 꽤 닮아서 나는 무심코 웃으면서 이야기를 들었다.

토모 씨의 흉내는 계속되었다.

"'얘기를 듣는 것도 변호사의 일입니다. 아이의 이야기를 들어주세요. 함께하는 시간을 좀 더 만들어주세요. 그러면 분명 예전처럼 얘기할 수 있을 겁니다.'라고 말씀하시곤 선생님이 귀이개를 하나 건네셨어."

"귀이개?"

"'잘 들리게 될 겁니다.'라며."

"그거, TV를 너무 많이 본 거 아닌가, 그런 얼굴로 그런 대사를 말하다니."

폼을 잡는 아빠의 모습은 상상만으로도 정말 이상했다.

"그랬더니 그 아이가 집에 갈 때 머리를 숙이며 '감사합니다.'라고 말했어."

"말을 할 수 있게 된 건가요?"

"할 수 있게 되었어."

토모 씨가 다시 아빠를 흉내 내서 어디까지가 아빠의 말이고 어디까지가 토모 씨의 말인지 알 수 없게 되어버렸지만 나는 조금 기뻤다.

"아빠가 조금 다르게 보이네요."

"……하지만 남자애가 돌아간 뒤에 '후~' 하고 한숨을 쉬셨어.”

“한숨?”

“'이렇게 말하는 나는 딸의 목소리를 잘 듣고 있는 걸까. 대단한 척 폼은 다 잡았군.'이라고 하시면서.”

“아빠가 그런 말을.”

“그러곤 내게 귀 청소를 해줄 수 있냐고 부탁하셨어.”

“그랬군요.”

나는 토모 씨에게 서류를 부탁했다.

아빠와는 만나지 못했지만 아빠의 일과 마음을 조금 알게 된 듯한 기분이 들어 하늘에 뜬 달을 올려다보며 집으로 돌아갔다.

금요일이 되었다.

아빠는 웬일로 약속을 잊어버리지 않았고 나와 함께 병원에서 빌린 차를 타고 치요다 공항으로 향했다. 아빠가 운전하는 차에 타는 건 정말 오랜만이었다. 어렸을 때, 아빠, 엄마와 함께 해수욕장에 갔던 일이 생각났다. 아빠가 운전을 하고 엄마가 조수석에 앉아 길 안내를 하기로 했지만 엄마는 차에 타면 바로 잠들어버렸다. 깨어 있어도 지도를 보면 졸리다고 하면서 보는 척 마는 척했다. 무엇보다도 좌우를 틀리게 알려주는 바람에 목적지였던 해변이 아닌 목장에 도착하게 되었고, 우리는 그곳에서 소프트 아이스크림을 먹었다.

아빠의 운전은 여전히 무척 신중했다. 마치 수술처럼.

"우회전, 다음, 좌회전." 하고 중얼중얼 확인하면서 운전했다.

"조금 서둘러야 해. 비행기 시간이 12시 반이니까 꽤 아슬아슬하다고."

초조해하는 내 목소리를 듣지 못했는지 아빠는 제한속도에 맞춰 운전을 했다.

나는 오늘이 기쁜 날인지 슬픈 날인지 아직 알 수 없었다. 어쨌든 스스무 군의 얼굴이 보고 싶었다. 하지만 작별하기 위해 만나러 가는 건 슬펐다. 그래서인지 계속 가슴이 두근거렸다.

그때, 아빠의 휴대전화가 울렸다.

차를 세우고 전화를 받는 아빠의 목소리가 조금 곤란해 보였다.

"어떻게 해서든지 말입니까?"

휴대전화를 든 아빠의 얼굴이 어두워졌다.

"오늘은 절대 빠질 수 없는 일이 있어서."

아빠는 내 시선을 신경 쓰면서 차에서 조금 떨어진 곳으로 뛰어갔다. 나는 아빠에게 사인을 보냈다.

아빠가 순간 대화를 멈추고 하늘을 향해 긴 한숨을 내쉬었다.

“알겠습니다, 바로 찾아가겠습니다.”

아빠의 조금 마른 목소리가 들려왔다.

“가는 거야? 공항 말고 다른 곳으로?”

나는 차에서 내려 아빠가 있는 곳으로 달려갔다.

“바로 간다는 게, 공항으로 간다는 거지?”

“……미안, 아무래도 병원으로 돌아가야 할 거 같아.”

눈앞의 풍경이 흔들렸다.

“나빴어, 정말 나빴어!”

“용서해줘, 아빠의 장래를 좌우할 정도로 중요한 일이야.”

“내 장래를 좌우하는 건 어떻게 돼도 괜찮은 거야?”

나는 눈 하나 깜박이지 않고 가만히 아빠를 째려보았다.

눈을 깜박이면 눈물이 흘러버릴 것 같았다. 분하고 슬퍼서.

“난 공항에 갈 거야.”

나와 시선을 마주치지 않으려고 눈을 감고 내 이야기를 듣고 있던 아빠가 갑자기 길에 뛰어들어 택시를 세웠다. “공항까지 초고속으로 부탁합니다.”라고 운전수에게 부탁하고는 지갑에서 지폐를 꺼내어 내 오른손에 쥐어준 뒤 날 택시에 밀어넣었다.

“아빠도 함께 갔으면 좋겠어. 왜냐하면 지금 내가 어떻게 되어버릴지 몰라 불안하거든. 또 내 곁에서 다른 사람이 사라지는 거니까.”

택시의 자동문이 닫히며 소리가 차단되었다.

"아카리, 미안해."

아빠의 목소리만 남기고 택시는 공항을 향해 달려갔다.

뒤돌아보니 아빠의 차가 유턴을 하여 되돌아가는 모습이 작게 보였다.

공항에 도착했을 땐 시간이 많이 흘러 스스무 군이 출발하기 직전이었다.

나는 택시에서 내려 스스무 군과 만나기로 한 시계 앞으로 달려갔다. 일단 무조건 달렸다. 전력으로. 조금이라도 시간이 멈추길 바라면서.

심장이 몸에서 빠져나와 날아갈 것처럼 필사적으로 달려 도착한 그 장소에는 한 장의 종이만이 남겨져 흔들리고 있었다.

"기다렸어. 만나고 싶었는데. 시간이 되었으니 이만 갈게."

나는 멍하니 그 장소에 서 있었다. 시간은 기다려주지 않았다.

나는 그 종이를 살며시 떼어 손에 쥐었다. 악보를 복사한 종이 뒤에 글자가 쓰여 있었다.

"이 악보……."

그것은 엄마가 정말 좋아하는, 그리고 내가 자주 흥얼댔던 『타임 애프터 타임』의 악보였다.

"길을 잃었을 때, 주변을 둘러봐, 내가 있을 거야……."

나의 외로움을 알아주는 것 같은 가사였다. 나는 살며시 그 소중한 편지를 접어 주머니에 넣었다.

어떻게 집으로 돌아왔는지는 기억나지 않았다. 다만 멍하니 걸었더니 어느새 집 앞에 서 있었다.

아무도 없는 텅 빈 방구석에 곰인형 유이치가 먼지를 뒤집어쓰고 앉아 있었다.

정신을 차리자 전화가 오고 있었다. 멍한 상태로 나는 수화기를 쥐었다.

"여보세요, 아카리."

스스무 군의 어머니의 목소리였다.

"죄송합니다, 시간을 맞추지 못했어요. 약속했는데."

"그것보다 아카리, 삭스가···."

"삭스가 왜요?"

"삭스가 없어졌어."

"삭스도!"

갑자기 눈이 뜨였다.

"그래. 그쪽으로 연락이 가지 않았을까 해서. ······연락이 없었던 모양이구나."

"네, 언제 없어진 거예요?"

"사실은 오늘, 삭스를 공항에 데려가려고 했어. 너와 만날 수 있으니까. 그랬더니 삭스가 집에서 나오려고 하지 않고 돌처럼 그 자리에서 움직이질 않는 거야.”

말을 듣지 않을 때에는 이유가 있는 거랍니다. 혼내기 전에 한 번 더 생각해주세요.

불현듯 개와의 열 가지 약속 중 저 약속이 머릿속에 떠올랐다.
“최근에 삭스에게 이상한 점은 없었나요?”
“실은, 삭스를 제일 귀여워했던 스스무가 떠나니까 이제 다른 곳에 맡겨도 되지 않을까 하는 얘기를 스스무의 아빠와 했이. 아는 사람 중에 개를 키우고 싶어 하는 사람이 있어서 멀긴 하지만 그 사람에게 맡기면 어떨까 하고. 오늘 공항에서 만나면 너희 아버지와 얘기해볼까 했거든. 그 얘기를 할 때 삭스도 있었어.”
“그랬더니요?”
“말을 알아들을 리가 없잖아. 하지만 가만히 우리 얼굴을 보고 있었어. 재채기를 하며 다른 곳으로 가 버렸지만.”
“그랬군요.”
나는 삭스가 움직이려 하지 않았던 이유를 조금 알 것 같았다.

나는 스스무 군의 집까지 삭스를 찾으러 가려고 했다.

하지만 아빠는 아직 병원에서 일을 하고 있었다. 망설이고, 망설였다. 하지만 나는 마음을 다잡고 병원에 전화를 걸었다.

"사이토입니다. 아빠 지금 전화 받으실 수 있나요?"

"선생님은 지금 중요한 회의 중이시라⋯."

"잠깐이면 돼요, 부탁합니다."

"알겠습니다. 잠깐 기다려주세요. 사이토 선생님!" 하고 수화기를 막고 아빠를 작은 소리로 부르는 목소리가 수화기 너머로 들렸다.

잠시 후 아빠가 전화를 받았다.

"오늘은 미안했어. 무슨 일이야? 갑자기 이런 시간에."

"삭스가 없어졌어. 스스무 군네 집에서."

"뭐!"

"찾으러 가고 싶어, 오타루까지."

"기다려."

역시 화내는구나. 상상했던 전개였다. 그러나 아빠 입에서 나온 다음 말에 나는 깜짝 놀라고 말았다.

"나도 갈게."

"뭐? 하지만 중요한 회의 중이잖아."

"제일 곤경에 처한 사람을 돕는 것이 의사이니까. 지금 네가 곤경에 처해 있잖아."

나는 매우 밝은 목소리로 미소를 지으면서 "진짜 곤경에 처했어!"라고 외쳤다.

"바로 갈게!"라고 말하는 아빠의 대답을 듣고 수화기를 내려놓았다.

그것은 대학병원의 사이토 선생님의 목소리가 아니었다. 분명히 우리 아빠의 목소리였다.

집으로 돌아온 아빠와 나갈 준비를 하고 있을 때, 한 통의 전화가 걸려왔다.

"여보세요. 사이토입니다."

수화기를 통해 내가 들은 목소리는 조금 쉬어 있는, 낮은 목소리였다.

"사이토 씨인가요? 경찰입니다."

"경찰!"

한순간 등이 서늘해졌다.

"삭스가 사고를 당한 건……."

아빠가 서둘러서 수화기를 내게서 건네받았다.

"사이토입니다. 무슨 일이 있는 겁니까?"

이야기를 하던 아빠의 얼굴이 한순간 굳어졌다.

"그렇습니까……. 바로 찾아뵙겠습니다."

그렇게 말하고 아빠는 수화기를 내려놓았다.

"무슨 일이야, 아빠!"

아빠는 눈을 감고 아래를 내려다보았다.

"나가자, 아카리."

"삭스에게, 삭스에게 무슨 일이 있는 거야?"

"응, 그렇게 됐어."

"……사고가 난 거야?"

"아니, 미아가 됐대. 마중 나가자!"

아빠가 참았던 웃음을 끝까지 참지 못하고 터트리면서 내 등을 탁 하고 쳤다.

"미아?"

"정말 답이 없는 녀석이야. 오타루 역으로 마중 나가자."

삭스가 무사하구나! 그리고 이제 만날 수 있어!

나는 크게 미소를 지으며 소리를 지른 뒤 아빠의 손을 꼭 잡았다.

"하지만 어떻게 우리 개라는 걸 안 거지?"

"편지를 물고 있었던 모양이야. 네가 스스무 군에게 보낸 편지에 쓰여 있었대."

"뭐라고 쓰여 있었는데?"

"'도움이 필요하면, 언제든 연락해.'라고. 그래서 역무원이 곤란해 하면서 경찰서로 연락해왔대."

"진짜, 삭스도 멋대로 다른 사람의 편지를 가져가다니."

나는 다른 사람이 내 편지를 읽었다는 부끄러움과 삭스가 무사하게 돌아왔다는 기쁨으로 몸이 뜨거워졌다.

역에 도착했더니 삭스가 미아를 맡아두는 곳에 조용히 앉아 있었다.

내가 "삭스!" 하고 외치자 귀를 쫑긋 새우고 이쪽을 바라보더니 묶여 있던 철제 의자와 함께 이쪽으로 달려오려고 했다. 나는 삭스를 꼭 껴안았다.

"보고 싶었어! 삭스!"

삭스는 커다란 목소리로 "멍!" 하고 짖고는 내 얼굴을 마구 핥았다.

"네, 그럼 이곳에서 잘 맡아뒀다고 확인하는 도장을 찍어주시겠습니까?"

역무원이 분실물 수첩을 내밀며 말했다.

아빠는 양말을 신은 듯한 삭스의 하얀 오른발에 인주를 묻혀서 "여기, 도장입니다."라고 말하며 수첩의 도장 칸에 삭스의 발자국을 쿡 하고 찍었다.

"자, 돌아가자, 삭스."

나는 '돌아가자'라는 말을 듣고서야 현실을 직시했다.

삭스는 어디로 돌아가는 걸까. 삿포로의 집은 반려동물 금지인데.

강아지와 나의 10가지 약속
five

싸움은 하지 말아요.
저를 때리지 말아주세요.
저는 당신을 물지 않으니까요.

순수한 사랑을 전달할 수 있는

유일한 존재는

개들과 갓난아기뿐이다.

-조니 뎁-

"삭스를 어디로 데려가는 거야?"

"무슨 말을 하는 거야. 우리 집이지, 우리 집."

"하지만 기숙사는 반려동물 금지잖아."

"반려동물이 아니니까. 가족이잖아."

"아빠!"

지금까지 아빠가 이렇게 융통성이 있는 사람이란 것을 알지 못했다. 하지만 다른 시각에서 보면 자기 멋대로 사물을 해석하는 사람이라고 할 수 있었다.

"공범이네."

나는 기뻐서 아빠에게 말했다.

커다란 보스턴백에 삭스를 코만 내밀게 하고 숨겨서 '반려동물 금지'라는 종이가 붙어 있는 관리실 앞으로 둘이 함께 슬쩍 들어갔다.

"커다란 짐이네요."

관리인이 의아하다는 듯이 말했다.

"왠지 헐떡거리는 소리가 나는 거 같은데요?"

관리인이 이상하다는 듯 가방을 들여다보려 하자 삭스가 그 얼굴을 할짝 핥았다.

"으악! 이게 뭡니까?"

아빠가 당황하지 않고 말했다.

"이건 변장 대회에서 입을 겁니다. 마치 살아 있는 것 같이

116

잘 만들어졌죠."

"하지만 방금 할짝 핥는 느낌이 났는데!"

"기분 탓입니다."

"의사가 기분 탓이라고 하면 기분 탓일 거예요. 병은 기분에서 느껴지는 거니까."

"하지만 조금씩 움직이고 있잖습니까!"

삭스는 더위를 참지 못하고 가방 속에서 꾸물꾸물 헐떡헐떡 소리를 내었다.

"아, 이게 전동 가방이거든요."

"뭐가 뭔지 잘 모르겠네요."

"왠지 상태가 안 좋아 보이시네요. 잠깐 진찰 좀 받아보시죠. 아카리는 가방을 가지고 집으로 돌아가렴."

삭스와 나는 아빠가 진찰을 시작한 그 자리에서 옆으로 빠져나가 집으로 들어갔다.

가방에서 뛰쳐나온 삭스는 기쁜 듯이 방안을 달렸다.

삭스가 몰래 찾아온 그 다음날, 아빠는 평소보다 조금 빨리 집을 나섰다. 그리고 평소보다 훨씬 빨리 집으로 돌아왔다.

그날 이후부터 아빠는 매일 집에 있게 되었다.

"병원 안 가도 돼?"

나는 걱정이 돼서 아빠에게 물었다. 그러나 아빠는 오히려 "

아픈 것도 아닌데 병원에 왜 가야 하는 건데?"라고 말하며 신경 쓰는 척도 하지 않았다.

3일 정도 지나자 간호사인 토모 씨가 몇 명의 간호사들과 함께 아빠를 찾아왔다. 양손엔 아빠의 짐으로 가득했다.

"선생님, 정말 그만두시는 건가요?"

토모 씨의 말을 듣고 나는 귀를 의심했다.

"병원을 그만둔다고?"

깜짝 놀란 내 얼굴을 보고 아빠는 "잘렸습니다."라고 웃으며 말했다.

"아니야. 아카리의 아버지가 스스로 병원을 그만둔 거야."

토모 씨는 아빠의 웃는 얼굴을 바라보며 이야기를 계속했다.

"아카리가 전화했을 때, 실은 도쿄의 훌륭한 선생님이 와서 얘기를 하고 있던 중이었어."

"그랬었군요."

"선생님, 실력을 인정받으셔서 도쿄의 유명한 병원으로 오지 않겠냐고 특별히 권유받으셨거든. 의사로서는 매우 명예로운 일이야."

"도쿄의 병원으로요?!"

아빠를 흘끗 보았더니 아무것도 모르는 삭스와 참참참 놀이를 하고 있었다.

"하지만 네 전화를 받은 선생님이 '지금 꼭 돌아가야 하는

일이 생겼으니 집으로 돌아가게 해주세요.'라고 갑자기 말씀
하셨어."

토모 씨가 이야기를 이어갔다.

"'이 회의보다 중요한 용건이 뭔가!'라며 원장 선생님이 화를
내자 사이토 선생님이…."

"뭐라고 했어요?"

"'개를 돌보는 일입니다.'라고 하셨어. 깜짝 놀랐지 뭐야."

"개를 돌보는 일?"

"'신세를 지고 있는 개를 돌보는 일입니다.'라고 하셨어."

"……아빠가 그렇게 집으로 돌아온 건가요?"

"그렇게 집으로 돌아가셨어. 원장 선생님이 체면을 잃으셨
지."

"그러셨군요."

삭스가 아빠의 얼굴을 핥고 있었다.

"다음날, 선생님, 아니, 너희 아버지가 원장실로 불려 가서
'도대체 어쩔 생각인가. 자네와 이 병원은 큰 기회를 잃게 됐
어.'라고 혼나게 됐지. 그랬더니 선생님이……."

"그랬더니?"

"책상 위에 사직서를 올려 놓으셨어. 글자를 잘못 쓰셔서
'직(職, 직분 직)'이 아니라 '직(織, 짤 직)' 이었지만. 원장 선생님
이 당황하셔서…."

토모 씨가 함께 온 간호사인 사쿠 씨와 당시 상황을 재현하기 시작했다.

　"진심인가!" 하고 조금 높은 목소리로 말하는 원장 선생님 역의 사쿠 씨.

　"네, 왜 그러십니까?" 하고 자신 있게 투덜대는 아빠를 흉내 내는 토모 씨.

　"이대로만 계속하면 자네는 도쿄에서 지위도 명예도 얻을 수 있어. 자네는 그것을 버리려는 건가."

　"오타루로 돌아가고 싶습니다."

　"이렇게 좋은 조건을 버리다니. 바보아닌가."

　"네, 바보였습니다."

　"…였습니다'?"

　"귀를 청소했더니 알게 되었습니다. 가장 귀 기울여 듣지 않으면 안 되는 소중한 사람의 목소리를 듣고 있지 않았다는 것을 말이지요. 맞다, 원장 선생님도 귀이개 빌려드릴까요?"

　"귀이개? 필요 없네. 난 이비인후과 의사야."

　"하지만 환자의 목소리는 잘 안 들리시잖아요."

　"뭐라는 건가! 자네!"

　"그리고 실은, 개에게 들었습니다."

　"뭐라고?"

　"멍! 하고."

"멍?"

"기뻤습니다. 멍 하고 짖는 게."

그 자리에 있던 모두가 매우 크게 웃으며 연기를 했다. 아빠는 조금 부끄러운 듯이 머리카락을 뱅글뱅글 돌렸다. 토모 씨가 아빠에게 말했다.

"이런 바보 같은 사람과 일을 할 수 있어서 행복했습니다."

찾아온 간호사 모두에게 따뜻한 악수를 받자 아빠의 얼굴이 새빨개졌다.

삭스가 한층 더 커다란 목소리로 "멍!" 하고 짖었다.

이렇게 아빠는 삿포로의 병원을 그만두고 원래 살던 오타루의 집을 다시 사서 비어 있던 정원의 반을 증축하여 집 바로 옆에 작은 병원을 개업하게 되었다.

삭스는 자신의 정원이 조금 작아진 것이 불만이었는지 공사를 하는 목수 아저씨에게 멍멍 하고 짖으며 적의를 드러냈다. 그러나 목수 아저씨가 남은 목재를 가지고 삭스의 새로운 집을 만들어주자 매우 만족스러워했다. 엄마의 불단에 장식해 두었던 쿠키를 제 멋대로 물어 목수 아저씨에게 가져다주며 대접하기도 하였다.

공사가 끝난 어느 여름밤의 일이었다.

"이걸로 곁에 있어줄 수 있게 되었어. 지금까지 외롭게 해서 미안해. 아카리."

완성된 병원을 만족스러운 듯이 보고 조금 감상에 젖은 아빠가 이야기했다.

"너무 매일 붙어 있으면 조금 불편할 것 같은데. 친절을 강매 당한 느낌이라고 할까."

부끄러워서 조금 불만스럽게 대답을 했더니 아빠는 매우 충격을 받은 얼굴로 "이제 와서 그런 말 하지 마! 병원 다 세워졌잖아!"라고 말했다.

아빠가 조금 불쌍해 보여 "아니, 강매에는 좋은 의미도 나쁜 의미도 있으니까."라고 위로를 했다. 그러자 아빠는 "좋은 의미의 강매가 아니잖아."라고 불만스러운 얼굴로 말했다.

"뭐, 괜찮잖아. 여러 가지 일늘이 있었지만 결국 제일 좋은 결과로 이어졌다고 생각해."

바람이 조금 불었다.

엄마의 냄새가 나는 듯한 느낌이 들었다.

"아빠."

"왜 그러니."

"아빠가 하고 싶은 걸 내가 방해한 게 아닐까?"

나는 계속 마음에 걸렸던 이야기를 조심스럽게 꺼냈다.

"내가 없었다면 도쿄에서 좀 더 좋아하는 일을 할 수 있었을 거잖아. 의사로서 이름을 남길 만한 일을 할 수 있지 않았을까.”

아빠는 이 말을 듣고 바다 쪽을 바라보며 “하하하.”하고 소리를 내며 웃었다.

“뭐가 웃긴 건데?”

“아카리는 아무것도 신경 쓰지 않아도 돼. 나는 이미 역사에 이름을 남기고 있어.”

“뭐?”

아빠는 나를 막 완성된 병원의 입구 앞으로 끌고 갔다.

“자, 봐봐.”

그곳에는 ‘사이토 유이치 의원’이라는 간판이 있었다.

“이렇게 크게 이름을 남겼잖아.”

부끄러워서 머리를 긁으며 아빠가 말했다.

“아빠…….”

“이래 봬도 아빠는 나 자신 역사상 최고의 명의야.”

나는 그 자리에서 아빠에게 달려가 안기고 싶을 정도로 기뻤다. 하지만 조금 부끄러워서 안기지는 못했다. 그 대신에 조금 낯간지러운 대사를 건넸다.

“내 역사상 최고의 아빠야.”

아빠는 부끄러운 얼굴을 하곤 갑자기 화제를 바꾸려고 했다.

“아, 맞다. 우리 역사상 최고의 명견은? 이봐, 삭스!”

아빠가 부르자 삭스가 어디선가 한걸음에 달려와 아빠의 품에 뛰어들었다. 마치 덮친 것 같은 모습이었지만 마음을 숨기지 않고 솔직하게 아빠에게 뛰어드는 삭스가 부럽다고 생각했다.

"이곳으로 모두가 돌아올 수 있는 계기를 만들어준 건 이번에도 삭스였어."

삭스는 꼬리를 살랑살랑 흔들며 아빠를 덮쳤다.

"사이토 씨, 위험해요! 개 체스트!"

밤이 깊었기에 잠을 자고 있었을 개를 싫어하는 옆집 아저씨가 빗자루를 들고 기쁜 듯이 삭스를 내쫓으러 달려왔다.

"이래서 개는 어리광을 받아주면 안 된다니까."

아삐의 병원에 참참참 게임을 잘하는 개가 있다는 소문이 나자 멀리서부터 환자가 찾아 올 정도로 병원의 인기가 높아졌다. 병원을 가는 것 자체를 싫어하는 아이들도 삭스를 좋아해줬고, 무뚝뚝하고 고집이 세서 상담을 싫어하는 아저씨가 삭스와 이야기를 하기 위해 병원을 찾아 오기도 했다.

아빠가 진찰을 하려고 하면 "선생님의 개와 상담을 하면 병이 낫는 것 같아요."라고 말하는 환자가 있을 정도였다.

환자들에게 아빠는 대犬 선생님, 삭스는 개犬 선생님이라고 불렸다. 한자로 '대'와 '개'는 점 하나 차이밖에 없었다.

이런 일도 있었다. 다친 다리의 재활훈련을 거부하던 아이가 진찰을 기다리는 동안 삭스를 만지려고 쫓아다니다가 걸을 수 있게 되었다. 또 잠을 잘못 자서 목이 돌아가지 않던 사람이 삭스와 참참참 게임을 하다가 '참!' 하는 순간에 목이 돌아간 경우도 있었다.

"삭스는 신기한 힘을 갖고 있을지도 몰라. 약 같은 걸 쓰지 않아도, 수술 같은 걸 하지 않아도 나으니까. 테라피견은 정말 대단한 것 같아."

그런 일은 누구보다도 내가 가장 많이 경험했다.

외롭거나 슬픈 생각이 들 때 삭스가 슬쩍 내 옆으로 다가와 주면 함께 이야기를 나눴다. 그러다 보면 그런 마음이 사라져버렸다. 아빠가 아무리 명의라고 해도 마음까지 치유해주는 건 삭스뿐이었다.

아빠는 감탄한 듯이 환자들의 무리에 있는 삭스를 바라보았다.

"개를 별로 안 좋아 하는 나도 어느 순간부터 삭스가 없으면 불안해."

삭스에게 "시끄러워." 또는 "일에 방해 돼."라고 불만을 말하면서도 삭스가 잠깐이라도 안 보이면 안절부절 못 하며 "큰일 났어. 삭스가 없어졌어!"라고 큰 소란을 벌이며 찾는 사람은 내가 아닌 개를 별로 안 좋아하는 아빠였다.

대 선생님도 대학병원을 다닐 때보다 환자의 이야기를 비교

적 많이 들으면서 진찰할 수 있어서 매우 만족스러운 것 같았다. 아빠는 매일 귀이개로 귀를 청소한 뒤 진찰을 했다.

21살, 마지막 약속

"유우코 미안, 많이 기다렸지?"

"응! 1만 광년이나."

대학교 동창인 유우코가 푸들을 데리고 공원 입구 벤치에 앉아서 입을 삐죽 내밀고 있었다.

"아카리는 진로 어떻게 할지 정했어?"

"아직. 하고 싶은 걸 찾지 못했어."

"큰일이네, 이제 곧 취업 활동을 시작해야 할 텐데."

대학교 3학년이 된 나는 앞으로의 목표가 없었다. 그저 살고 있던 지역의 대학교에 들어가 수업을 받고, 테니스 동호회에서 테니스를 친 뒤 집으로 돌아오는 생활을 하고 있었다.

"유우코는 도쿄에 가는 건 어때? 탤런트를 하고 싶다면 도쿄 쪽이 좋지 않을까?"

"가고 싶지만, 두고갈 순 없잖아."

"여전히 무척 사랑하고 있구나."

"그야 금방 외롭다며 달려오는 걸, 히데키가."

"히데키? 테루키 아니었어?"

"테루키와는 헤어졌어. 히데키로 갈아탔어."

"또 차인 거구나."

"뭐 그렇지."

"……너, 키우는 개를 그때그때 사귀는 남자친구 이름으로 부르는 거, 그만둬. 자꾸 바꾸면 개한테 실례야. 분명 남자친구도 개를 말하는 건지 자기 자신을 부르는 건지 혼란스러울 거라고 생각해."

"지금은 히데키라니까."

유우코의 발밑에서 푸들인 히데키가 열심히 흙을 파고 있었다.

"그보다 오늘 술자리 어때? 네 취향인 이구치 군도 오고, 취직 걱정 같은 거 확 그냥 마셔 버리자! 확마셔!"

대학교에서 활발하기로는 다섯 손가락 안에 꼽히는 유우코는 말을 이상하게 간단히 줄이는 버릇이 있었는데 오늘도 어김없이 말을 줄이며 나를 꼬드겼다.

"가끔은 술자리도 괜찮지."

"가자! 확마셔!"

"멋진 만남이 기다리고 있을 수도 있겠지?"

"기다리다 지쳐서 울어버릴지도 몰라!"

"하지만 가지 않을 거야. 가고 싶지만 삭스에게 저녁밥을 줘야 하고, 산책도 데려가야 하니까."

"뭐야, 갈 것처럼 말해 놓곤. 개에게 너무 매여 있는 거 아냐? 개매여! 가끔씩은 좀 즐기는 게 좋아. 청춘은 지금뿐이야! 청춘의 만남은 거리에서 나눠주는 티슈같이 주어지는 게 아니라고. 나도 히데키를 방 안에 가둬 놓고 가는 거야. 가자!"

"남자친구도 있으면서."

"남자친구는 언제 배신할지 모르니까."

"······하지만 사양할게."

"너, 정말 분위기를 못 타는구나. 그래선 영원히 남자친구 같은 건 생기지 않을 거야. 남친안생."

유우코는 냉정하게 말했다.

내가 집에 돌아가자 삭스가 꼬리를 격렬하게 흔들었다.

우리 집에 온지 벌써 10년 가까이 된 삭스. 문득 나의 삶을 돌아봤다. 나는 매일 삭스에게 밥을 주고 산책을 시키는 일을 하고 있었다. 카펫에 붙어 있는 삭스의 털을 테이프로 떼어내는 것도 거의 매일의 일과였고, 고등학교 수학여행 때 이외에는 집을 떠나 길게 여행을 간 적도 없었다. 보통 대학생들이 즐기는 밤샘 노래방도 경험한 적이 없었다.

그게 당연하다고 생각하고 살아왔지만 실은 매우 특별한 규칙에 메여 있는 것처럼 느껴졌다.

"나, '개매여'인 걸까."

유우코의 말이 떠올라 멍하니 TV를 바라보고 있자 삭스가 산책용 리드를 물고와 방해하듯이 TV 앞에서 어슬렁어슬렁 거리기 시작했다.

"오늘은 피곤하니까 다음에 가자."

하지만 삭스는 산책을 나가자고 졸라댔다.

이번에는 머리에 쓰라며 모자를 물어왔다.

"시끄러워! 안 간다고 했잖아, 가지 않을 거야! 내 시간을 자유롭게 쓰게 내버려 둬!"

삭스는 풀이 죽어 고개를 푹 숙였다.

그리고 터벅터벅 걸어 방에서 나갔다.

"난 우등생처럼 착한 사람이 아니라고."

"삭스, 구두 좀 닦아줘."

아빠의 말을 듣고 삭스가 억지로 일어나 현관 쪽에서 바스락거렸다. 갈색 구두 위에 드러누워 몸을 구두에 문질러댔다. 삭스의 마음만으로도 구두가 깨끗해지는 것 같았다.

"고마워. 어라, 어디 갔지?"

삭스는 아빠의 "어라."라는 말만 듣고도 아빠에게 열쇠 케이스를 가져다주었다.

"삭스에게 '어라, 그거'라고 하지 마. 아빠, 삭스는 엄마가 아니야."

"그렇지."

나와 삭스의 사이에 지금까지 보이지 않던 벽이 조금씩 보이기 시작한 것과는 반대로 아빠는 삭스가 없으면 생활을 할 수 없는 사람이 되어버렸다.

삭스도 이런 상황이 매우 기쁜지 부지런히 움직였다.

삭스는 엄마의 불단 앞에 자주 손을 모았다.

처음 그 모습을 본 사람은 신앙심이 깊은 개라고 생각해 매우 깜짝 놀라며 가끔 삭스에게 합장을 하는 사람도 있었다. 하지만 이것은 삭스가 제일 좋아하는 것과 관계가 있는 행동이었다.

삭스는 공물로 가끔씩 오르는 건포도 샌드위치를 매우 좋아했다. 공물이 불단에 바쳐지면 삭스는 빨리 먹고 싶은 듯 불단 주변을 어슬렁거렸다. 그러나 나는 항상 "제대로 기도 좀 하고!"라고 말하며 삭스를 기다리게 했다. 나는 불단에서 합장을 한 뒤에 바쳐진 건포도 샌드위치를 먹었다. 이런 상황이 반복되자 삭스는 '기도하는 것 = 건포도 샌드위치를 먹을 수 있다.'라고 생각하게 되었다.

그런데 언젠가부턴가 삭스가 뒷발로 불안정하게 서서 앞발을 모으고 두세 번 흔드는 '기도' 같은 행동을 하게 되었다.

사람들이 이런 행동을 좋아한다는 것을 알게 된 삭스는 산책을 가고 싶을 때도 내 앞에 와서 손을 합장했다.

내가 산책 가는 걸 싫어하면 천천히 '기도'를 시작했다.

그래도 내가 가기 싫어하면 "아카리, 너 매정 하구나. 삭스, 나하고 가자." 하고 아빠가 삭스를 데리고 나갔다.

아빠는 도대체 무슨 이유로 개를 별로 안 좋아했던 것일까. 지금은 딸인 내가 가끔씩 화가 날 만큼 삭스를 귀여워하고 있었다. 삭스가 없어진다면 나보다 아빠가 더 괴로워할 것 같아 보였다.

사람이란 이렇게 변할 수 있는 거구나 하고 신기하게 생각했다.

"요즘 클래식에 빠져 있어."

유우코의 취미가 또 바뀌었다. 당연히 키우고 있던 개의 이름도 '히로시'로 바뀌었다.

"넌 남자친구가 바뀌면 모든 게 바뀌어버리는구나. 알아차

리기 쉬워. 얼마 전까지만 해도 음악은 헤비메탈을 좋아했잖
아.”

클래식 음악잡지를 읽고 있는 유우코를 놀리면서 슬쩍 잡지
를 보자 그곳에는 낯익은 이름이 쓰여 있었다.

“엇!”

“하하, 너 눈이 높구나. 신진기예 기타리스트, ‘호시★스스
무’야.”

그곳에는 훌쩍 자란 스스무 군의 사진이 크게 실려 있었다.

“호시★스스무.”

★이 붙어 있었지만 틀림없는 스스무 군이었다.

키는 훌쩍 자랐고, 머리 모양도 웨이브가 있는 모델 같은 느
낌이었지만 볼은 여전히 타코야키 같았다.

“이 사람, 프랑스에서 귀국했대. 모두가 주목하고 있어. 나
도 이런 얼굴 좋아해. 호시 씨, 프랑스어로 에트와르(역주: 별,
인기 대스타라는 뜻의 프랑스어). 진정한 왕자님이지!”

“변했네. 하지만 타코야키는 그대로야.”

“타코야키?”

“이 볼. 막대기로 찔러보고 싶잖아. 옛날 그대로야.”

“뭐? 아는 사이라는 거야?”

“동창이야.”

“잠깐, 뭐야! 빨리 소개시켜줘!”

"안 돼, 8년이나 만나지 못했어."

"무슨 소릴 하는 거야. 호시★스스무 군이 다음 주에 오타루에 온다고. 보러 가자! 만나서 나 좀 소개시켜줘!"

"사양할게. 부끄러워."

"무슨 말하는 거야, 바보야? 그냥 자연스럽게 날 왕자님한테 소개시켜주면 돼!"

나는 결국 유우코의 열의를 꺾지 못하고 스스무 군의 콘서트를 보러 가기로 했다.

삭스는 집에 두고 가려고 했지만 자신을 데려가 달라며 내 주변을 빙글빙글 도는 삭스 때문에 고민이 되었다. 그러다 우연히 연주회장 앞에 반려동물을 맡아주는 곳이 있다는 정보를 듣고 산책을 겸해서 데려가기로 했다.

"넌 언제나 따라온다니까. 미워."

삭스는 아무것도 모른다는 듯이 꼬리와 엉덩이를 살랑살랑 흔들며 걸었다.

연주회장으로 가는 도중에 항상 삭스의 이름을 틀렸던 수학자 아저씨를 만났다.

"오랜만이다, 페스."

"틀렸어요! 삭스예요. 스만 맞았네요."

몇 년이 지나도 변치 않는 기억력이었다. 나의 대답을 듣고도 아저씨는 개의치 않고 "삭스를 제곱한 높이는… 음."이라고 본인이 하고 싶은 말만 중얼거리면서 머리를 감싼 채로 사라졌다.

"여기가 대기실이야."

유우코는 콘서트 연주회장에 도착하자마자 스스무 군의 대기실을 찾아냈다.

"그만두자, 얼굴을 잊어버렸을지도 모르고. 꼭 봐야 한다면 연주가 끝난 다음에 가자."

"이게 운명일지도 모르잖아, 빨리 와."

"아니, 나하고 스스무 군은 운명 같은 게 아닌데."

"무슨 말이야 나와 호시★스스무 군의 운명 말이야."

"……너, 억지로 운명을 만들려 하는구나."

유우코는 키우고 있는 개의 사진을 한 손에 쥐고 말했다.

"'본명도 스스무예요? 우연이다! 내가 키우는 개도 이름이 스스무예요! 이건 운명일지도?'라고 개 이야기를 하면서 들어갈 거야."

"너희 집 개 이름이 언제부터 스스무가 된 거니?"

"방금."

"날조된 운명이야."

유우코는 긴장하며 대기실 앞에 서 있는 나를 곁눈질로 보면서 노크했다.

"네."

안에서 그리운 목소리가 들렸다. 스스무 군이 그곳에 있었다.

"소꿉친구 사이토 아카리 씨를 데려왔습니다."

문이 열리고, 유우코가 나를 대기실 안으로 밀어 넣었다.

나는 너무 두근거려 숨이 멎을 것 같았다. 이때 나는 내가 스스무 군을 공항에서 만나지 못했던 날부터 항상 생각해 왔다는 것을 알아차릴 수 있었다.

나를 기억해줄까?

스스무 군은 기타 줄을 조정하던 손을 느슨하게 풀고 얼굴을 들었다.

"아카리 씨?"

신기한 듯이 내 얼굴을 바라보는 스스무 군. 날 잊어버린 것 같은 느낌이 들어 슬퍼지려던 순간.

"아카리! 오랜만이야!"

8년 만의 재회였다. 나를 기억해준 것만으로 나는 날아갈 것 같이 기뻤다. 솔직히 몸이 이렇게 반응할 거라고는 생각지 못했다.

"보고 싶었어!"

스스무 군이 달려와서 내 손을 잡았다.

"뭐야? 이런 사이야? 나, 방해되는 건가? 이건 그냥 아는 사람이 아니잖아. 이게 그냥 아는 사이야?"

유우코는 입을 삐죽거렸다.

"스스무 군, 변했네!"

"난 내 얼굴은 매일 보니까 변했는지 잘 모르겠어."

얼굴이 바뀌고 유명해져도 말하는 건 솔직한 스스무 군 그대로였다. 그런 스스무 군을 오랜만에 만나자 나는 가슴이 조금 두근거렸다.

"콘서트라니, 대단하네. 기타를 계속하고 치고 있어서 참 다행이야. 어느새 ★까지 붙어선."

"공항에서 만나지 못했었지."

"마중 나가는 시간에 맞추지 못해서 미안해."

"기다렸어."

"알아. 쓰여 있었거든. 악보 뒷면의 벽보에."

"그걸 봤구나.『타임 애프터 타임』."

"응."

"너를 계속 기다렸어."

스스무 군이 외국인 같은 표현을 해서 나는 조금 혼란스러웠다.

"저기……."

때마침 연주회 시작 10분 전임을 알리는 방송이 흘러나왔다.

"벌써 시간이 됐네."

"응, 그럼 힘내!"

스스무 군이 뒤에서 돌아가려는 내게 말을 걸었다.

"나중에 또 만나지 않을래?"

"그래."

나는 기뻐서 그 주변을 열 바퀴 정도 뛰고 싶어졌다. 개들이 눈이 내리는 모습을 보고 기뻐하며 정원을 내달릴 때 이런 기분일 수도 있겠다는 생각을 했다.

옆에서 뾰로통한 얼굴을 한 유우코가 물어왔다.

"남자친구야?"

"아니야, 아니야, 전혀 아니야!"

"그럼 내가 노려도 되지? 운명이니까."

웃으면서 얘기했지만 유우코가 조금 무시워 보였다.

무대 위에서 스포트라이트를 받는 스스무 군은 이제 옛날의 스스무 군이 아닌 것처럼 보였다.

회장 전체가 조용해진 한순간의 침묵 뒤에 천천히 퉁기기 시작한 스스무 군의 기타로 객석을 가득 메운 관객들의 마음이 황홀해지고 있다는 것을 알 수 있었다.

기타 소리가 내 몸을 감싸고 흔드는 것 같은 기분이 들었다. 하지만 그것은 그저 멋진 연주에 감동을 받아서 느끼는 기분이 아니었다.

지금 눈앞에서 스포트라이트를 받고 있는, 자신의 길을 확실히 걸어나가고 있는 스스무 군과 진로조차 정해져 있지 않고 아직 무엇 한 가지도 이루지 못한 나의 차이에서 말할 수 없는 초조함을 느끼게 되었다. 스스무 군만 앞으로 나아가 버린 듯한 느낌이 들었다. 이런 와중에 유우코는 깊게 잠들어 있었다.

스스무 군의 손가락에서 차례대로 아름다운 곡들이 흘러나왔고, 연주회장은 스스무 군이 가진 신비스러운 다정함으로 가득 채워졌다.

그리고 이어진 앙코르.

"저는 중학교까지 오타루에서 자랐습니다. 마지막으로 이 도시에서의 추억이 담긴 곡을 연주하겠습니다. 파헬벨의 『캐논』."

그렇게 말하고 연주하기 시작한 곡은 옛날에 스스무 군이 바다와 학교에서 연습했었던 그리운 곡이었다.

외로웠을 때, 기운이 없을 때, 몇 번이고 위로받은 이 곡을 듣자 지금까지 느꼈던 불안감과 초조함이 모두 사라지고 여러 가지 추억이 머릿속에 스쳐 지나가 자연스럽게 눈물이 흘러나왔다.

유우코는 여전히 깊게 잠이 들어 있었다.

"이번엔 나를 소개해줘, 운명이라고."

콘서트가 끝난 뒤부터 끈질기게 재촉하는 유우코를 데리고

강 아 지 와 나 의 1 0 가 지 약 속

s   i   x

당신에게는 학교도 있고 친구도 있지만
저에게는 당신밖에 없어요.

행복은 포근한 강아지다.

－찰스 슐츠－

다시 한 번 대기실로 향했다. 대기실 입구에는 만족스러운 얼굴을 하고 있는 스스무 군의 부모님도 보였다.

"잘 지내셨지요, 사이토예요."

스스무 군 어머니의 얼굴이 조금 어두워진 것처럼 보였다. 우리가 다가가는 걸 막아서는 것처럼 "오랜만이야. 사이토, 스스무는 지금 제일 중요한 시기야. 알고 있겠지. 혼란스럽게 하지 말아줬으면 좋겠어. 또 팝송 같은 걸 연주하려고 들면 곤란하니까."

옆에서 스스무 군의 아버지가 씁쓸한 표정을 하고 고개를 끄덕였다.

"그 할망구, 복수할 거야!"

스스무 군에게 접근하는 걸 차단당한 유우코가 분한 듯이 씩씩거렸다.

우리를 눈치챈 스스무 군이 이쪽으로 오려고 했지만 어머니에게 무슨 말을 듣고는 그 자리에서 발을 멈췄다.

"여전히 너무 솔직하네, 스스무 군."

우리는 포기하고 돌아가려 했다.

그때.

"야! 구두 이리 줘!"

소리가 난 쪽을 보자 카운터에 맡겨져 있어야 하는 삭스가 스스무 군의 구두를 물고 이쪽으로 달려오고 있었다.

"엇?! 삭스? 왜 여기에 있지?"

내가 무심코 소리를 내었더니 뒤에서 스스무 군이 소리쳤다.

"삭스? 삭스구나! 구두를 가져가는 건 여전하네!"

"잠깐, 스스무!"

스스무 군은 어머니의 제지를 뿌리치고 웃으면서 이쪽으로 다가왔다.

삭스는 스스무 군의 구두를 내 앞에 놓아두고 커다란 하품을 하더니 그 자리에서 드러누웠다.

"삭스가 스스무 군을 데려와줬네."

유우코가 감동해서 말했다.

"삭스, 잘 지냈어?"

구두를 주우면서 스스무 군이 말을 걸었다.

"응, 잘 지냈어. 지금 좀 냉전 중이지만."

"냉전? 불쌍한 삭스."

나보다 삭스를 신경 쓰는 모습에 나는 입을 조금 삐죽 내밀었다.

건너편에서 스스무 군을 부르는 스스무 군 어머니의 목소리가 들렸다.

"이제 돌아가야 해. 아카리, 삭스와 함께 만나자! 그 해변에서."

"알았어. 그 해변에서 말이지."

삭스의 귀가 쫑긋하고 움직였다.

"너, 삭스에게 꽤 도움을 받고 있는걸. 삭스는 내 사랑의 방해꾼이네. 조금 적의가 느껴져."

유우코가 반은 농담으로 반은 진심으로 말했다.

다음날 저녁, 나와 스스무 군, 그리고 삭스는 옛날에 자주 갔던 해변가에 서 있었다.

해가 저물어 오렌지색으로 반짝반짝 빛나는 바다에 바닷새가 둥실둥실 조금 추운 듯이 몇 마리 떠 있었다.

"옛날에 여기 자주 왔었지. 봐, 바다의 소리가 나."

스스무 군이 바다의 소리를 옛날처럼 듣고 있었다.

"그립다. 아카리는 변함이 없네."

"변함이 없다는 건 아무것도 성장하지 않은 것 같은 느낌이 들어서 걱정이야. 스스무 군은 변했는데."

"변하지 않았어. 옛날 그대로야."

"참참참!"

스스무 군은 옛날처럼 쉽게 걸려 내 손가락이 가리킨 방향으로 고개를 돌렸다.

"변하지 않았잖아. 봐봐."

"그러네……. 이렇게 스스무 군하고 있으면…… 그립다고나 할까, 뭐라고 해야 할까."

어떻게 말해야 좋을지 몰라서 우물거리고 있었더니 갑자기 삭스가 우리 주변을 빙글빙글 돌았다.

"뭐 하는 거야?"

나와 스스무 군은 삭스의 리드로 삭스를 따라 빙글빙글 돌았다.

"잠깐, 뭐 하는 거야? 부딪히잖아, 앗!"

넘어질 것 같은 나를 향해 스스무 군이 쓱 하고 손을 내밀었다.

그리고 나는 잠시 동안 그 손을 쥐고 있었다.

스스무 군도 손을 꽉 붙잡아주었다. 옛날보다 훨씬 더 남자다워진 손바닥으로.

"이런 이런."이라고 말하는 듯한 얼굴로 삭스는 바다를 바라보며 하품을 했다.

"어때, 호시 군하고 잘 돼가고 있어?"

유우코가 슬쩍 속내를 떠보는 것처럼 물었다.

"응. 하지만 아무래도 시간이 없어서."

"그 아이도 연주 여행 때문에 바쁘니까."

"호시 군도 바쁘긴 하지만 나도 시간이 없어."

"시간 많잖아?"

"삭스가 있잖아."

"삭스?"

"호시 군이 다음 주에 함께 도쿄로 연주 여행을 가지 않겠냐고 물어봐 줬거든."

"좋네! 가면 되잖아!"

"개를 두고 갈 순 없어. 돌봐주지 않으면 안 되고, 밥도 줘야 하고 산책도 해야 하고."

"개 돌보미네."

"뭐야 그게?"

"개에게 얽매여 있다는 말이야. 네 청춘이."

"그런 걸까."

"네가 삭스의 엄마인 거 같아. 오래전부터."

"그래, 계속 그랬어. 항상 여러 가지를 참아왔지. 삭스 때문에. 하지 못했던 것도 정말 많아. 하고 싶은 것도 정말 많고. 근데 계속 참아낼 수 있을까 싶어. 나 이대로 가다간 삭스의 엄마가 되어버릴 거야. 요즘은 이따금씩 개가 없었다면 어땠을까 하는 생각이 들곤 해. 본심을 얘기하자면 말이야."

"삭스가 호시 군하고 어울릴 기회를 만들어줬건만."

"하지만 너라면 남자친구하고 개 중에 어느 쪽을 선택할 거냐고 물으면 어떻게 할 거야?"

"그거야, 노부아키지."

"네 남자친구 이름과 개 이름이 같아서 알아듣기 어려워.

난, 파릇파릇한 10대 시절을 모두 개에게 바치며 살아온 것 같은 기분이 들어."

이때의 나는 늦은 반항기였을지도 모른다. 개 때문에 따르는 제약이 있는 생활에서 벗어나고 싶었다. 다른 동갑내기 여자아이들이 평범하게 즐기고 있는 미팅이나 여행, 밤샘 노래방 등 내가 경험해보지 못한 세계가 너무나도 부러웠다.

"확실히 난 개 돌보미네."

스스무 군이 도쿄로 출발하는 날, 결국 따라가지 못한 나는 이불을 뒤집어쓴 채 한숨만 내쉬었다.

삭스는 걱정이 되는지 내 냄새를 킁킁 맡고는 이불 주변을 돌거나 코를 이불 속으로 집어넣어 눈물에 젖은 내 얼굴을 핥으려 했다.

"시끄러워 삭스. 내버려둬!"

나는 스스로도 깜짝 놀랄 정도로 커다란 목소리로 소리쳤다.

유우코에게서 전화가 온 건 그 직후였다.

"아카리, 나 어디 있게?"

"뭐? 어디 간 거야?"

"도쿄!"

"도쿄?"

"그 사람과 함께. 누구일 것 같아?"

"누구라니⋯. 설마⋯."

"호시 군이지! 바꿔줄게."

유우코가 전화를 바꾼 사람은 틀림없는 스스무 군이었다.

"어떻게 된 거야?"

나는 궁금해서 참을 수 없었다.

"어떻게 된 거냐니."

"네가 우물쭈물대고 있어서."

유우코가 스스무 군의 뒤에서 웃으면서 얘기했다.

"아니, 실은 유우코가 갑자기 함께⋯⋯."

스스무 군의 얘기가 끝나기도 전에 나는 수화기를 내려놓았다.

멍하니 뚝뚝 눈물을 흘리는 나를 보고 또 삭스가 슬쩍 다가왔다.

내 무릎에 다리를 살짝 얹는 삭스를 나는 뿌리쳤다.

깜짝 놀라 이쪽을 바라보는 삭스에게 나는 마구 화풀이를 했다.

"네가 내 발목을 잡고 있어! 네가 있어서 나는 다른 사람들이 좋아하는 것들을 할 수 없어! 날 방해하지 마!"

나는 댐이 무너진 강처럼 멈추지 않고 말을 쏟아냈다.

"너 같은 건 없어져버리면 좋을 텐데!"

삭스는 그 말을 듣고는 슬쩍 뒤로 돌더니 터벅터벅 걸어 사라졌다.

 그 모습을 보고 나는 옛날에 그저 짜증이 나서 엄마에게 화풀이를 했을 때와 같은 마음의 고통을 떠올리게 되었다.

 옆방에서 이야기를 듣고 있던 아빠가 오더니 "아카리, 말이 좀 심한 거 아니야?"라고 나무랐다. 하지만 나는 "그렇지 않아! 어디론가 가 버렸으면 좋겠어!"라는 마음에도 없는 말로 강하게 되받아쳤다.

 "아카리는 솔직하지 않다니까."

 옛날에 엄마가 웃으면서 했던 말이 머릿속에 스쳐 지나갔다.

 나는 이불 속에서 둥글게 몸을 만 채로 몇 시간이나 울었다. 그렇게 울다 지쳐 잠이 들고 말았다.

 눈을 뜨자 벌써 밤 10시가 지나 있었다.

 "일어났구나."

 아빠가 곤란한 듯한 얼굴을 하고 시계를 바라보았다.

 "왜 그래?"

 "삭스가 돌아오질 않고 있어."

 "삭스가?"

 "응, 너한테 혼난 다음에 나가선 돌아오질 않아."

 그 후로 반나절이나 지나 있었다.

 겨울이 가까워져서 밖에는 차가운 바람이 마구 휘날리고 있었다.

"내가, 내가 나가 버리라고 해서?"

"그 녀석, 바보처럼 말을 잘 듣는 면이 있으니까."

문득, 옛날에 엄마에게 배운 개와의 약속 중 한 가지가 머릿속에 스쳐 지나갔다.

당신에게는 학교도 있고 친구도 있지만 저에게는 당신밖에 없어요.

"그런데 나는……."

나는 현관문을 열고 밖으로 뛰쳐나갔다.

"삭스, 미안해, 미안해!"

삭스가 있을 만한 곳을 찾아다녔다. 나는 스스로가 너무 한심해 눈물이 나왔다.

"내가 약속을 깨서 나간 거구나."

삭스가 갈 만한 곳을 필사적으로 생각했다.

"혹시……."

나는 삭스가 잠시 동안 지냈던 스스무 군의 집으로 달려갔다.

"계세요?"

문을 두드리면서 외쳤더니 스스무 군의 어머니가 기분이 나쁜 듯한 얼굴을 내밀었다.

"스스무는 도쿄에 가서 집에 없어. 그것보다 확실하게 말해 두고 싶어. 스스무하고 어울리지 말아줘. 스스무의 꿈에 방해가 되지 말아줘."

꽤 뼈아픈 말을 들은 듯한 기분이 들었지만 그 말도 신경 쓰이지 않을 정도로 내 머릿속에는 온통 삭스밖에 없었다.

"삭스가 없어졌어요."

스스무 군의 어머니는 추위에 몸을 떨면서 귀찮다는 듯이 담담히 말했다.

"삭스? 난 보지 못했는데. 그래, 개가 죽을 땐 모습을 감춘다고 하지."

"이상한 말 하지 마세요!"

나는 화가 나서 그 자리를 뛰쳐나갔다.

나를 쫓아온 아빠가 가쁜 숨을 내쉬며 말했다.

"바다로 간 거 아닐까? 너희가 자주 갔던."

"가 볼게."

나는 스스무 군과 나, 그리고 삭스가 자주 갔던 그 해변으로 달려갔다.

새까맣고 차가운 해변가에 파도 소리만이 울리고 있었고, 가로등 하나만이 빛을 비추고 있었다.

"삭스!"

소리쳐 불러 봐도 답은 없었다.

"삭스 , 여기에도 없는 거야?"

얼어버릴 것 같은 밤이었다. 스스무 군의 어머니가 한 말이 매우 신경 쓰였다.

"설마, 삭스……."

그때였다. 풀숲에서 바스락거리는 소리가 났다.

소리가 나는 쪽으로 눈을 돌리자 낯익은 꼬리가 풀숲에서 슬쩍 나와 있었다.

"삭스!!"

꼬리가 흠칫하더니 풀숲에서 삭스의 얼굴이 나왔다.

"다행이다! 삭스!"

나는 삭스 곁으로 달려갔다.

"미안해, 삭스! 심한 말을 했어."

진흙투성이인 삭스는 떨고 있었다.

삭스를 유심히 보자 진흙투성이의 얼굴로 무언가를 물고 있었다.

"이거……. 너 진짜."

그건 옛날에 스스무 군과 이곳에서 자주 먹었던 아이스크림 막대기였다. 당첨이 나오면 크게 기뻐하며 웃었던 그 막대기였다.

"이거, 날 위해서……."

삭스는 '당첨'이 쓰여진 막대기를 찾고 있었던 것이다.

"이거, 나를 웃게 해주려고 그랬구나. 이 추위 속에서."

나는 한순간이었지만 삭스가 없어지면 좋겠다고 생각했던 내 자신이 부끄러워졌다.

"고마워, 삭스!"

나는 진흙투성이인 삭스의 몸을 꼭 끌어안았다.

꽤 가벼워진 듯한 느낌이 들었다.

"가벼워졌구나, 삭스. 너도 벌써 10살 가까이 되었으니까."

슬쩍 본 발밑에는 '다음 기회에'라고 쓰인 아이스크림 막대기 네다섯 개가 떨어져 있었다. 막대기에는 모두 개의 이빨 자국이 나 있었다.

"이렇게나……. 계속 찾고 있었구나."

입에 물고 있던 막대기에도 작은 글씨로 '다음 기회에'라고 쓰여 있었다.

"이게 당첨보다도 훨씬 더 기뻐."

삭스는 꼬리를 흔들며 나를 바라보았다.

"미안해, 너에게는 나밖에 없는데. 잊어버려서 미안해. 내게도 네가 필요해. 이제 절대로 사라지면 안 돼. 평생 동안."

그러자 갑자기 삭스가 다시 풀숲으로 뛰어 돌아갔다.

"삭스! 어디 가는 거야?"

삭스는 풀숲에서 바스락거리기 시작했다.

"이제 됐어. 삭스 이것만으로도 고마워! 이러다 감기 걸릴지도 몰라!"

삭스가 벌떡 일어났다.

삭스는 아이스크림 막대기 하나를 물고 있었다.

그리고 뒹굴듯이 뛰어 돌아왔다.

삭스가 건네준 막대기에는 '당첨!'이라는 글자가 써 있었다.

"당첨이다……. 당첨이야, 삭스!"

이렇게 기쁜 당첨 막대기는 처음이었다. 기뻐서 눈물이 나왔다.

아이스크림 당첨으로 우는 건 조금 부끄러웠지만 오늘은 눈물이 멈추지 않았다.

그리고 지금 삭스와 함께 있을 수 있다는 행복이 무엇보다도 당첨과도 같은 행운이라고 생각했다. 아빠와 나, 그리고 삭스는 어렸을 때처럼 오랜만에 3명이 함께 걸어서 집으로 돌아왔다.

이야기로 따뜻해진 즐거운 밤의 산책이었지만 문득 바라본 삭스의 등이 왠지 작아진 듯한 느낌이 들었다. 내가 어느새 크게 자란 것일지도 모르겠지만.

한동안 스스무 군과 연락을 하지 않았다.

몇 번이고 전화가 걸려왔지만 발신자에 '호시★스스무'라는 표시가 뜨는 건 받지 않았다. 문자 수신함에는 '호시★스스무'라는 이름으로 온 읽지 않은 문자가 줄줄 떠 있었다.

학교에서 유우코를 보아도 근처에 다가가지 않았다. 이 당시 나는 존재 자체도 몰랐던 대학도서관을 매일 갔었다. 교실에서 유우코와 만나고 싶지 않아서 가기 시작한 것이 계기였지만 차츰 그곳에서 동물에 관한 책을 읽는 것이 즐거워졌다. 그날도 기린의 출산에 관한 책을 읽고 있었다.

유우코가 옆자리에 슬쩍 앉았다.

"찾았었어, 전화도 안 받고. 전화안."

알아듣기 어려운 줄임말로 이야기를 걸어온 유우코의 얼굴을 보고 싶지 않아서 책에서 눈을 떼지 않았다. 그러자 유우코는 뜻밖의 이야기를 꺼냈다.

"너 내가 호시 군하고 도쿄에 간 거라고 생각하고 있는 거지? 나 참….'

"뭐? 그랬잖아."

"호시 군도 제대로 설명했으면 좋았을 텐데. 나는 도쿄에 탤런트 오디션을 보러 간 거야. 탤런오디! 근데 마침 하네다 공항에 호시 군이 있는 거야. 그래서 너한테 장난으로 전화해 본 것뿐이야, 장난전화!"

유우코의 줄임말 중 유일하게 '장난전화'라는 단어는 의미를 알 수 있었다.

"그랬구나!"

"호시 군, 그 뒤로 너와 연락이 안 된다고 고민하고 있었어. 우물쭈물하면 정말로 내가 호시 군을 데려가 버릴 거야."

나는 휴대전화의 읽지 않은 문자들을 서둘러 읽어 보았다. 스스무 군에게서 온 "오해입니다, 그게 아니에요, 문자를 읽어 주세요."라는 문장들이 차례대로 화면에 떴다.

"너, 이렇게나 오기를 부리면서 메시지를 쌓아두고 있었구나! 솔직하지 못하네, 그것도 굉장히."

"나, 전화해볼래."

그 자리에서 스스무 군에게 전화를 걸었지만 부재중 메시지조차 나오지 않았다. 몇 번이나 걸었지만 똑같았다.

"사과해야 하는데……."

나는 스스무 군의 집으로 전화를 걸어 보았다. 스스무 군의 어머니가 평소보다 더 기분이 나쁜 듯한 목소리로 전화를 받았다.

"사이토예요. 스스무 군, 집에 있나요?"

"스스무는 집에 있어. 하지만 더 이상 너와 만나게 내버려 둘 순 없어!"

그렇게 말하더니 갑자기 뚝 하고 전화가 끊겨버렸다.

옆에서 전화를 듣고 있던 유우코가 "아줌마이상!"이라고 외쳤다. 아마도 "아줌마, 이상한 소리 하지 말고 빨리 스스무 군에게 전화를 바꾸라고!"라는 말의 줄임말일 거라고 생각했다.

나는 스스무 군과 연락을 할 수 없게 되어버렸다.

아빠의 입에서 놀라운 소식을 들은 건, 그날 밤이었다.

"너, 최근에 스스무 군하고 연락했니?"

"아니, 연락이 안돼."

"그래, 그럼 꽤 큰일일지도. 그 아이."

"무슨 말이야?"

"……몰라? 오늘, 대학병원을 다닐 때 알고 지냈던 사람이 전화로 상담을 요청했거든. 아빠는 뇌 전문의잖아. 스스무 군, 교통사고를 당한 모양이야."

"거짓말!"

"가벼운 사고라서 몸에는 특별히 문제가 없지만, 왼쪽 손가락의 운동 기능이 전부 회복되지 않았나 봐. 그 아이, 기타리스트라서 미묘한 감각이 매우 중요하잖아. 보내온 여러 가지 검사 결과를 봤지만 특별히 문제는 없었어. 아마도 심리적인 문제가 이 사고를 계기로 튀어나오게 된 것이 아닐까 하고 추측하고 있는 상황이야."

"그럼, 기타는?"

"칠 수 없게 되어버린 모양이야."

"그렇구나."

"삭스, 어떻게 하면 좋을까?"

나는 삭스에게 상담을 했다. 삭스의 머리를 껴안고 있었더니 삭스가 슬쩍 이마를 핥아주었다.

문득, 한 가지 생각이 떠올랐다.

"삭스, 부탁이야. 스스무 군을 도와줘. 이유는 잘 모르겠지만 너는 사람의 마음을 잘 치유해주잖아. 나도 지금까지 몇 번이고 도움을 받았고. 부탁이야!"

삭스가 벌떡 일어섰다.

"가자, 삭스!"

나는 삭스와 함께 스스무 군의 집으로 달려갔다.

스스무 군의 집 앞에 도착하자 1층에서 스스무 군의 부모님이 아이들에게 기타를 가르치고 있었다.

"삭스, 짖어서 소동을 피워봐."

내가 말한 대로 삭스는 그 자리에서 큰 소리로 짖었다. 두 다리로만 서서 흔들흔들 기도하는 것처럼 춤도 췄다.

"이거, 불단의 과자를 얻을 때 하는 행동이잖아."

나는 조금 이상하다 생각했지만 기타 교실 아이들의 시선이 삭스에게 집중되어 있을 때 집 안으로 몰래 숨어들어갔다. 뒤이어 삭스가 틈을 타 따라왔다.

나는 2층으로 뛰어 올라가 스스무 군의 방문 옆에 숨었다.

"부탁할게, 삭스."라고 말하며 노크를 한 뒤 문을 조금 열어

강아지와 나의 10가지 약속
s e v e n

저를 믿어주세요.
저는 언제나 당신의 편이에요.

당신이 믿어도 되는 친구는 셋뿐이다.
늙은 부인, 늙은 개, 준비된 현금.
-벤자민 프랭클린-

삭스를 스스무 군의 방 안으로 들여보냈다.

나는 기도하듯이 밖에서 숨어 기다렸다.

"삭스! 어쩐 일이야?"

스스무 군은 침대에서 일어나 삭스의 머리를 쓰다듬었다. 삭스는 입에 그림엽서를 물고 있었다. 그 엽서는 옛날에 내가 삿포로에 있었을 때 스스무 군에게 받은 것이었다.

"혹시 도움이 필요하면, 언제든 연락해."라고 쓰인 어린 시절 삭스의 사진이 붙어 있는 수제 그림엽서였다. 나는 그 엽서에 "미안해, 도쿄에서의 일, 오해했어."라고 메시지를 덧붙여 써넣었다.

"엽서? 이거 내가 아카리에게 준 거잖아."

스스무 군은 엽서에 붙어 있는 사진을 보면서 중얼거렸다.

"삭스, 우리 집에 온 건 오랜만이네. 이때와 비교하면 꽤 커졌구나."

그림엽서의 사진 속 삭스와 지금의 삭스를 비교해 보던 스스무 군은 삭스의 머리를 계속 쓰다듬으며 얘기했다.

삭스는 가만히 이야기를 듣고 있었다.

신기하게도 가끔씩 삭스에게 무언가를 이야기하고 싶을 때가 있는데, 그럴 때 삭스에게 이야기를 하면 안심이 되었다.

"오랜만에 해볼까! 참참참!"

스스무 군이 삭스에게 도전했지만 삭스는 너무나도 쉽게 반대 방향으로 고개를 돌렸다.

"여전히 잘하는구나."

그랬더니 삭스가 천천히 기타 쪽으로 걸어가 킁킁 냄새를 맡았다.

"기타 말이지. 손가락이 예전처럼 움직이질 않아. 부모님은 재활치료를 하라고 그러셨지만 난 알 수 있어. 움직이지 않을 거야. 예전처럼. 지금까지 기타만 쳤는데 하루 아침에 할 수 있는 일이 아무것도 없는 거 있지."

그래도 삭스는 계속해서 재촉하듯 코로 기타 케이스를 쿡쿡 찔렀다.

"알았어, 그럼『캐논』을 연주해줄게."

스스무 군이 기타를 치기 시작했다. 하지만 삭스는 기뻐하는 얼굴이 아니었다.

"……맞아, 넌 이거였지."

스스무 군은 서서히 다음 곡을 치기 시작했다.

『타임 애프터 타임』.

삭스는 메트로놈처럼 꼬리를 연주에 맞춰 천천히 흔들었다.

"오, 리듬을 맞춰주는 거구나."

연주하면서 스스무 군은 얘기했다.

"이 곡에는 가사가 있어. '네가 길을 잃거나 침울해지면 주변을 둘러봐, 그러면 그곳에 내가 있을 거야. 언제라도 어디라도.'라고 하는 가사야. 들어볼래?"

삭스가 계속해서 꼬리로 메트로놈처럼 템포를 맞추었다.

그리고 스스무 군은 삭스만을 위해 기타를 치면서 영어로 노래를 부르기 시작했다. 매우 기분이 좋아 보였다.

"스스무 군이 기타를 치고 있어."

나는 눈을 감고 그 연주를 들었다. 지금까지 들어본 그 어떤 연주보다도 마음속 깊이 울려 퍼졌다.

스스무 군의 부모님이 기타 소리를 듣고 서둘러 계단을 올라왔다.

나와 스스무 군의 부모님의 눈이 마주쳤다.

"저 아이, 노래를 부르고 있어. 그만두게 해야 해."

스스무 군의 어머니가 문을 열려하자 스스무 군의 아버지가 제지했다.

"기다려. 저 연주, 정말 마음이 담겨 있는 것 같아. 저 녀석의 기타에 이렇게까지 마음이 담겨 있는 건 처음이야."

스스무 군의 노래는 계속되었다. 삭스는 꼬리를 펜라이트를 흔들듯이 크게 흔들었다.

"좋은 노래야. 이렇게 기분 좋게 노래할 수 있었던 건 처음이야. 부모님께서 노래하면 안 된다고 하셨으니까. 하지만 지금은 삭스가 들어주었으면 좋겠어. 어쩐지 여러 가지 것들로부터 해방된 듯한 느낌이 들거든."

들어본 적도 없는 연주와 노래였지만 내 눈에선 나도 모르게 눈물이 흘러나왔다.

어느새 스스무 군의 아버지, 어머니도 나와 함께 울고 있었다.

"우리, 저 아이의 가능성을 방해하고 있었는지도 몰라."

"이렇게 멋진 연주를 할 수 있다니. 굉장히 마음 깊이 울리는 가성이야."

조금은 미숙한 스스무 군의 노래가 계속되었다.

"'네가 길을 잃거나 침울해지면 주변을 둘러봐, 그러면 그곳에 내가 있을 거야.'라고 말해줬지, 삭스."

스스무 군이 삭스에게 다정하게 말을 걸었다.

그러자 삭스가 갑자기 문 쪽으로 걸어와 내가 숨어 있던 문을 밀어 열었다.

스스무 군과 눈이 마주쳤다.

"너도 와 있었구나."

스스무 군이 싱긋 웃었다.

스스무 군과 나, 그리고 삭스는 다 같이 옛날에 자주 가던 그 해변으로 걸어갔다.

해변에 도착하자 스스무 군이 "옛날에, 너는 여기서 바다의 목소리를 듣고 있다고 했었지."라며 말을 걸었다.

"최근에도 듣고 있니?"

"아니, 여러 가지 목소리에 귀를 기울이는 걸 잊고 있었어. 가까이 있는 존재의 목소리조차 잊고 있었어. 미안해, 삭스."

나는 모래사장을 발로 파고 있는 삭스를 바라보며 말했다.

"사람을 알고 싶다면 일단 동물을 알아야 해. 만약, 이 세상에 동물이 없었다면 우리는 자기 자신을 아는 방법조차 찾아내지 못했을 거야."

"아카리, 그게 무슨 말이야?"

"아사히카와에 있는 아사히카와 동물원의 원장님이 하신 말이야. TV에서 들은 말이었는데, 정말 동감했어."

"일단, 동물을 알아야 하는 건가."

"무엇보다도 삭스를 좀 더 알아가지 않으면 안 돼. 난 알고 있는 듯하면서도 확실하게 알지 못하는 게 많은 듯한 느낌이 들어."

삭스는 스스무 군이 저 멀리 던진 나뭇가지를 전력을 다해 주우러 달려갔다.

"삭스와 이제 10년이나 함께 지냈는데 말이야."

"개는 인간보다 일곱 배 정도 빠른 속도로 나이를 먹는다고 하잖아. 저래 보여도 벌써 할머니네."

"전혀 그렇게 안 보이는데."

삭스가 다시 나뭇가지를 물고 전력으로 달려 돌아왔다.

"저 녀석은 언제나 전력으로 달려."

"전력을 다해 실패하긴 하지만."

그렇다. 생각해보면 삭스는 언제나 전력을 다했다.

"항상 전력을 다하니까 전력으로 나이를 먹어버리네, 개라는 존재는."

"삭스, 조금만 천천히 쉬면서 살라고!"

삭스는 다시 막대기를 던져달라고 재촉했다.

"난, 내가 전력을 다해 뛰고 있지 않다는 생각이 들었어."

삭스는 다시 한 번 쏜살같이 달려갔다.

"그렇지 않아, 만약 그랬다면 기타도 그렇게 잘 칠 수 없었을 거야."

"아니, 스스로가 아닌 부모님이 날 뛰게 만들었어. 언젠가 멈추고 싶어질 거라고 생각해."

"하지만 뛰고 있잖아. 그건 대단한 일이야. 나는 그렇게 전력으로 뛸 수 있는 일이 아무것도 없어."

"난 언제나 도망칠 길을 준비하고 있었어. 얼마 전 사고도 그래. 도망칠 길이었던 거야."

"그래. 나 좋은 생각이 났어!"

나는 스스무 군에게 제안했다.

"지금 전력으로 뛰어보자."

"지금? 뭘 위해서?"

"이제부터 전력으로 달리기 위해서."

"난 언제나 무언가를 위해 달리면 그 목적을 잊어버리곤 해. 쇼핑을 하러 달려가지만 막상 가면 사야 할 것을 잊어버리는 것처럼. 그래서 전력으로 달리는 건 무서워."

"괜찮아, 달리고 있는 동안에는 잊어버리지 않을 거야. 아마도 달리다가 멈췄을 때 잊어버리는 걸 거야. 그리고 내 생각엔 삭스도 달리는 이유 따윈 생각하지 않고 있을 거야. 그저 자기 자신에게 솔직한 것뿐이라고 생각해."

"그런가."

나는 내가 말한 이야기가 어딘가 말도 안 된다고 생각했다. 스스무 군에게 미안하지만 그럴듯한 말을 긁어모은 것뿐이었다. 하지만 스스무 군이 납득하는 것을 보고 어쩐지 괜찮은 말을 한 듯한 기분이 들었다.

이걸 들키기 전에 달리지 않으면 안 된다.

"좋아, 달리자!"

나는 곧장 뛰기 시작했다.

스스무 군도 전력으로 쫓아왔다.

삭스도 기쁜 듯 우리를 뒤쫓아 따라왔다.

"네가 동물원에 취직할 줄이야"

"네가 탤런트 매니저가 될 줄은 상상도 못했어."

나는 TV에서 본 아사히카와 동물원장님의 인터뷰와 삭스가 가지고 있는 불가사의한 힘에 영향을 받아 동물원 사육사가 되기로 결심했다.

지금까지는 무언가를 하고자하는 목적이 없는 인생이었지만 삭스 덕분에 평생 동안 하고 싶은 일을 발견할 수 있었다.

단지 아이러니한 점은 내가 아사히카와의 아사히카와 동물원에서 일하게 됐다는 것이다. 때문에 삭스와는 떨어져 지내게 되었다.

유우코는 도쿄에서 참가했던 오디션은 떨어졌지만 굉장히 활동적인 말투 덕분에 탤런트 매니저로 스카우트되어 도쿄의 메구로에서 일하게 되었다.

그로부터 유우코는 버릇이었던 줄임말 대신 "저매니는 구로메에서."처럼 말을 거꾸로 하기 시작했다.

"스스무 호시와는 때어?"

"그거, '호시 스스무와는 어때?'라고 말하는 편이 빠를 텐데. 이상해서 의미를 알아 들을 수가 없어."

내가 쓴웃음을 지으면서 유우코에게 말했다.

스스무 군은 이름에서 ★이 없어지게 되었다.

그날 이후, 스스무 군은 노래를 만들어 메시지를 전달하는 즐거움에 눈을 떠 '호시★스스무'의 연주는 잠시 동안 휴업을 하게 되었다.

오타루의 집에서 '호시 스스무'로서 작사와 작곡 공부를 시작하게 된 것이다.

스스무 군이 어느 날 내게 했던 이야기가 있다.

"실은 말이야, 너에게는 비밀로 하고 너희 아버지에게 진찰을 받은 적이 있어."

"아빠에게?"

"응. 여러 가지를 생각하니 머리가 아팠거든. 이건 뇌 전문인 너희 아버지께 진찰받아야 한다고 생각했어. 그랬더니 이렇게 말씀하시더라고."

"뭐라고?"

"난 머리가 아픈데 청진기를 배에 대시고서 '아아, 소리가 쌓여 있네.'라고 하셨어."

"소리?"

"말을 너무 많이 삼켜서 배에 가득 차게 되었대."

"재밌는 말을 했네, 그 아저씨."

"네 아버지잖아. 하지만 매우 좋은 걸 알려주셨어. 사람은 마음을 전하기 위해 살아 있는 거라고. 마음을 전하지 않는 것은 살아 있지 않은 것과 똑같다고 하셨어."

"흐음…."

"'삭스를 보렴, 말은 못하지만 열심히 마음을 전하려고 하고 있어. 그것이 열심히 살아가고 있는 거란다.'라고."

"그렇구나. 삭스는 뭐든지 열심히 하니까. 좋든 나쁘든 말이야."

"난 다른 사람들이 하는 여러 가지 말만 듣고 정작 내가 하고 싶은 말은 참아왔다고 생각해. 착한 아이가 되고 싶었으니까. 하지만 앞으로는 내가 사람들에게 전하고 싶은 말을 제대로 말로 전해야겠다고 결심했어."

"좋은 일이네. 배에 말이 가득하다면 열심히 꺼내면 되는 거야."

"나도 그렇게 생각해. 그것도 내가 자신 있는 음악으로."

스스무 군은 지금껏 참아왔던 말을 음표에 담아 굉장히 많은 곡을 만들어내기 시작했다.

아사히카와와 오타루. 하고 싶은 일을 찾아낸 우리 두 사람은 떨어져 지내게 되었다.

"나는 외롭지 않지만 삭스는 괜찮을까?"라고 말하며 강한 척하는 아빠가 실은 제일 외로워 보였다. 아빠에게 매주 "그래서 이번 주는 주말에 돌아올 수 있니?"라며 전화가 왔다.

하지만 동물원은 주말이 제일 바빴다. 그렇게 자주 돌아갈 순 없었다. 가끔 스케줄이 텅 빈 평일에 돌아가려 했지만 동물이 병에 걸리거나 하면 좀처럼 예정대로 집으로 돌아갈 수 없었다. 아빠가 대학병원에 근무했을 때의 상황을 조금은 이해할 수 있을 것 같았다.

가끔씩 집에 돌아올 때도 스스무 군과 만나는 일이 많아 져 집을 자주 비웠다.

"스스무 군 만나고 올게. 집에 또 올 거야."라고 말하면 아빠가 "또 스스무 군이냐. 나는 괜찮지만 삭스가 외로우니까 적당히 해둬."라고 삭스 탓을 하며 삐지곤 했다.

일이 길어져서 예정보다 늦게 집에 돌아온 어느 날 밤이었다.

"다녀왔습니다."

하지만 아무도 대답이 없었다.

소리가 나는 곳을 슬쩍 들여다보니 아빠와 삭스가 툇마루에 나란히 앉아 먼 바다를 바라보며 이야기를 나누고 있었다.

나는 숨어서 둘의 대화를 몰래 엿들었다. 아빠가 한 손에 맥주를 들고 삭스에게 이야기를 하고 있었다.

"신기하구나. 옛날에는 내가 일에 미쳐서 아카리와 너를 기다리게 했는데, 요즘은 내가 기다리고 있네."

삭스는 그릇에 놓인 치즈 안주의 냄새를 맡았다.

"외로웠지? 미안하구나."

아빠는 속죄하는 것처럼 치즈를 집어 삭스의 입 안에 넣어 주었다.

"아카리도 외로웠겠지. 그때는 내가 알지 못했지만."

삭스는 입에 들어 있던 치즈를 금방 다 먹은 뒤, 치즈를 하나 더 얻기 위해 얌전한 얼굴로 이야기를 듣고 있었다.

"개를 키우고 싶어 했던 이유를 알 거 같아. 고마워, 삭스. 아카리 곁에 있어주어서."

삭스가 슬쩍 부엌으로 걸어가 오징어 안주를 갖고 왔다.

"오오, 눈치가 빠른데, 엄마."

삭스는 조용히 아빠를 바라보았다.

"미안, 미안. 또 그렇게 불렀네. 너는 삭스였지."

삭스는 오징어와 격투를 시작했다.

어느덧 나이를 먹은 삭스는 오징어를 먹는 게 조금 힘들어 보였다.

"아카리도 벌써 사회인이 되었어. 서로 나이를 먹었네."

삭스가 쿵 하고 콧소리를 냈다.

"너도 이제 어리지 않구나. 나도 마찬가지야. 어쩐지 너에게는 뭐든지 말하게 되는구나. 신기한 개야……. 말이 통하지 않는 만큼, 반대로 마음이 통하는 걸까."

식탁 위에는 먹다 남은 맥주병이 줄줄이 늘어져 있었다.

"아카리를 부탁해. 앞으로도 계속 지켜봐줘."

삭스가 크게 끄덕거리는 것처럼 보였다.

아빠는 그 자리에서 드러누워 코를 골며 자기 시작했다.

삭스는 침실에서 가벼운 이불을 물고 와서 아빠에게 덮어

강 아 지 와 나 의 1 0 가 지 약 속

e   i   g   h   t

제가 당신과 함께 있는 시간은
1이년 정도밖에 되지 않아요.

개들은 그들이 무엇을 하는지에 대해

깊이 생각하지 못한다.

그저 옳다고 느끼는 것을 할 뿐이다.

－바바라 킹솔버－

주었다.

그리고 그 이불 가장자리로 들어가서 사이좋게 옆에 누워 잠을 잤다.

"이건 정말 가족이네."

나는 잠들어 있는 한 사람과 한 마리에게 담요를 한 장 더 덮어주었다.

삭스는 여전히 제멋대로였다.

사진을 갖고 있어도 모르는 척. 본인이 숨겨둔 구두를 사람이 찾으면 매우 기뻐했다.

하지만 점점 기도할 때 일어서지 못하게 되었다. 건포도 샌드위치도 옛날처럼 많이 먹을 수 없게 되었다.

"삭스도 겨우 어른이 되었구나."라고 아빠는 웃으며 말했다.

계단이 조금 높은 곳에선 발이 걸려 넘어지기도 했다. 이 때문에 "어이, 엑스, 요즘 운동 부족인 거 아니야?"라고 여전히 이름을 계속 틀리는 수학자 아저씨에게 손가락질을 당했다.

"아빠, 제대로 산책 좀 다녀. 운동 부족이라는 소리를 들었어."

나는 아빠에게 불만을 토로했다.

"그럼 네가 다녀와. 나는 제대로 산책을 다녀오고 있어."

아빠가 불만스러운 듯이 말했다.

"그럼, 마음껏 산책해볼까!"

나는 삭스에게 말했다.

바닥에 느긋하게 엎드려 있던 삭스는 기쁜 듯이 꼬리를 메트로놈처럼 흔들며 일어섰다.

바다, 옛날 과자 가게, 역, 학교, 기타 교실. 나와 삭스는 거의 매일, 추억의 장소를 차례대로 돌았다. 삭스의 걸음 속도에 맞춰서 천천히, 천천히. 우리 집에 갑자기 찾아 온 뒤부터 지금까지, 삭스와 함께 보내온 추억이 가는 장소마다 스며져 있었다.

천천히, 천천히. 삭스는 모든 추억을 힘껏 밟듯이 걸었다.

조금 걷자 숨을 헐떡이며 쉬는 삭스를 보며 나는 생각했다.

"삭스, 역시 이제 할머니가 된 거구나."

삭스와 함께 한 지도 12년이 흘렀다.

집으로 돌아가려고 하자 삭스는 돌아가고 싶지 않은 듯 짖었다.

"어쩔 수 없네. 그럼 조금만 더 걷자."라고 중얼거리며 삭스가 가고 싶어 하는 대로 오타루를 계속 돌아다녔다.

삭스는 이 산책을 끝내고 싶지 않은 것처럼 보였다.

삭스가 집으로 돌아가고 싶어 할 때까지 추억이 담긴 거리를 돌았다. 마치 지금까지의 일들을 모두 눈에 각인시키려는 것처럼.

"삭스! 또 구두 숨겼지!"

오랜만에 집에서 느긋한 휴일을 보내고 아사히카와에 돌아가려고 현관으로 가니 한쪽 구두가 보이지 않았다.

"다음 주에 또 올 테니까, 구두 가져와, 응?"

하지만 그날따라 삭스는 모르는 척을 했다.

"삭스, 말 잘 들어야지."

나는 움직이려 하지 않는 삭스를 조금 끌어안아 배 아래에 숨겨둔 구두를 꺼냈다.

삭스는 최근 들어 눈에 띄게 움직이는 걸 귀찮아했다. 하루 종일 엄마의 방석 위에 둥글게 몸을 말고 햇볕을 쬐며 뒹굴뒹굴거리는 일이 많아졌다.

하지만 오늘은 귀찮아서 움직이지 않는 것이 아니라 움직이는 것 자체를 완고하게 거부하고 있었다.

"그럼, 다음 주에 봐."

현관에서 나가려고 하자 삭스는 평소와 다르게 내게 붙어 떨어지려 하지 않았다.

"희한하네, 삭스, 괜찮아. 다음 주에 또 올게."

삭스의 머리를 쓰다듬으며 설득한 뒤 집을 나가려고 했지만 삭스는 외로울 때 내는 소리를 내며 내게서 떨어지려 하지 않았다.

"삭스, 아이처럼 왜 그래!"

나는 삭스가 어렸을 때 내게 달라붙어 떨어지려 하지 않았던 것을 떠올렸다.

"아카리, 오늘은 조금 주의하렴. 무슨 일이 있을지도 몰라."

삭스의 예지능력에 몇 번이고 도움을 받은 아빠가 나를 보내기 싫어하는 삭스의 행동을 보고 말했다.

"삭스는 가끔 미래의 사고를 예지하곤 하니까."

"주의할게. 고마워, 삭스!"

나는 삭스에게 고맙다는 인사를 하고 역으로 향했다. 뒤돌아보자 삭스가 계속 나를 바라보며 배웅하고 있었다.

"또 봐, 삭스!"

삭스는 끝까지 나를 바라보고 있었다.

아빠에게 전화가 온 것은 다음날 바다표범의 출산 준비를 하고 있었을 때였다.

"지금 얘기할 수 있니?"

"미안, 조금 이따 얘기해도 될까."

서둘러 준비하면서 무뚝뚝하게 대답했다.

"삭스가 움직일 수 없게 됐어."

"……뭐?"

"바로 돌아올 수 있니? 삭스가 기다려."

"하지만 어제는 건강했잖아!"

나도 모르게 목소리를 높였다.

주변 사람들이 깜짝 놀란 눈으로 나를 바라보았다. 나는 서둘러 그 자리에서 벗어나 복도 한 구석으로 가서 작은 목소리로 이야기했다.

"그렇게 심각한 상태야?"

"최선을 다해 너를 기다리고 있어."

"기다리고 있다니…. 삭스……."

"응. 네 스웨터를 하나 껴안고 말이야."

"아빠, 낫게 해줘! 응? 아빠 의사잖아! 명의잖아!"

"운명만은 낫게 할 수 없어, 아카리."

"그럼 삭스는 어떻게 되는 거야!"

"이제 삭스는 기다리는 것밖에 할 수 없는 것 같아."

"나를…. 기다린다고….."

"응. 빨리 올 수 없겠니?"

"하지만 빠져나갈 수 없는걸. 아빠도 의사니까 알잖아."

"그런가……. 그렇지. 삭스도 분명 일을 끝까지 다 하라고 말하겠지."

"목소리, 삭스의 목소리를 들려줘."

"이제 목소리를 낼 수 없게 됐어."

"어떻게 이렇게 갑자기."

"오늘 아침, 눈이 떴을 때부터였어. 나는 이번에도 전혀 눈치 채지 못했어."

"그래서 어제 삭스가······."

어제 나를 보내지 않으려고 했던 삭스가 무엇을 예지하고 있었는지 이때서야 분명히 알 수 있었다.

하나의 목숨이 태어나려 하는 이때에, 하나의 목숨이 사라지려 하고 있었다.

"기다려 삭스, 끝나면 바로 갈 테니까."

전화를 끊고 일에 복귀하려고 하자 그곳에 선배인 나카노 씨가 서 있었다.

"뭐하는 거야, 사이토!"

나카노 씨가 화를 내면서 내게 말했다.

"죄송합니다, 빨리 돌아가겠습니다."

"어디로 돌아갈 생각이야?"

"바다표범의 출산 준비를······."

"사이토! 네가 있어도 방해만 돼. 돌아가!"

"네? 하지만······."

"돌아가. 동물의 마음이 되어 생각해봐! 네가 돌아가야 할 곳은 너희 개가 있는 곳이야!"

"감사합니다!"

말이 끝나자마자 나는 뛰어나갔다.

1분이라도 빨리 삭스를 만나고 싶었다. 계단에서도, 전철에서도, 택시에서도. 아무리 짧은 거리라도 달릴 수 있는 곳은 달려서 오타루로 향했다.

"기다려, 삭스!"

어두워진 하늘에 약하게 빛나고 있는 단 하나의 별이 보였다.

"힘내, 삭스!"

그 별이 사라지거나 떨어지지 않도록 빌면서 지구 끝까지 나를 쫓아 오려고 하는 달을 뿌리칠 수 있을 정도로 달렸다.

"기다려, 삭스!"

삭스가 무사하기를 기도하면서 현관에 뛰어 들어온 내 앞에 옅은 숨을 내쉬고 있는 삭스가 나를 기다리고 있었다.

"삭스! 무슨 일이야! 정신 차려!"

삭스가 눈을 희미하게 떴다.

"아카리를 기다렸었지, 삭스."

아빠는 다정하게 삭스에게 말을 걸었다.

"삭스! 들려? 삭스!"

이성을 잃을 것 같은 내게 아빠가 물었다.

"아카리, 개와의 열 가지 약속, 기억해?"

"응. 엄마하고 얘기했었어."

"실은, 이거 내가 맡아두고 있었어."

아빠가 가방에서 무언가를 부스럭거리며 꺼냈다.

그것은 트럼프 카드처럼 생긴 몇 장의 작은 카드였다.

그곳에는 열 가지 약속이 한 가지씩 엄마의 일러스트와 함께 쓰여 있었다.

"이거, 엄마가 준 거야?"

"그래. 언젠가 아카리가 크면 주라고 부탁받았어."

아빠는 그 카드를 트럼프처럼 나누어 펼쳐 쥐고는 "자, 한 장씩 뽑아보렴." 하고 웃으면서 말했다.

"이런 거 하고 있을 때가 아니라고! 아빠!"

"그래? 삭스도 놀고 싶어 하지 않을까?"

삭스의 눈을 바라보았더니 괴로운 숨을 쉬면서도 "놀자."라고 말하는 듯한 장난스러운 눈으로 나를 바라보고 있었다.

분명, 이것이 삭스와의 마지막 게임일 것이다. 나는 우리 가족의 재미있는 게임이 끝날 때까지 삭스가 눈을 뜨고 있어줄 거라고 생각했다.

"알았어. 그럼 삭스도 잘 봐."

나는 아빠의 손에 펼쳐진 카드에서 "약속, 첫 번째."라고 말하며 카드 한 장 천천히 뽑았다. 그곳에는 조금 서툰 일러스트와 함께

"저와 이야기를 많이 나눠주세요."

라고 마치 개가 말하고 있는 듯한 내용이 쓰여 있었다.

"……얘기했지. 그것도 많이. 그래 여러 가지 이야기를 들어주었어."

괴로운 듯이 숨을 쉬는 삭스의 귀가 쫑긋 움직였다.

"그랬지. 너무 바빴던 나를 대신해 아카리의 말 상대가 되어주어서 고마워."

아빠도 삭스를 쓰다듬으면서 깊게 머리를 숙였다.

"그럼, 두 번째."

지키지 못했던 약속이 나오는 게 아닐까 하고 살짝 떨면서 나는 두 번째 카드를 아빠의 손에서 뽑았다.

"싸움은 하지 말아요. 저를 때리지 말아주세요. 저는 당신을 물지 않으니까요."

"……싸움은 꽤 많이 했지. 미안해. 하지만 싸운 만큼 화해했잖아. 그리고 난 너를 단 한 번도 때리지 않았어!"

"정말이니 삭스?"

아빠는 삭스에게 물었다.

그랬더니 괴로워하고 있던 삭스가 꽤 평온한 표정으로 이쪽을 바라보았다.

"싸울 정도로 사이가 좋았다는 거겠지."

아빠가 방긋 웃으면서 말했다.

어쩐지 삭스도 이 게임을 함께 즐기고 있는 듯한 느낌이 들었다.

나는 아빠가 마지막까지 가족의 일원으로서 삭스와 함께 가족 간의 시간을 보내고 싶어 이 게임을 시작한 게 아닐까 하고 생각했다.

즐겁지만 분명 두 번 다시 할 수 없는 게임이 계속되었다.

나는 다음 카드를 뽑았다. 지키지 못한 약속이 나오지 않길 빌면서.

"서로를 이해할 수 있도록 많은 시간을 함께해주세요."

"지켰다고는 생각하는데……. 하지만 의외로 내 성미가 급했을지도 몰라."

삭스가 언뜻 웃는 것처럼 보였다.

다음 카드.

"말을 듣지 않을 때에는 이유가 있는 거랍니다. 혼내기 전에 한 번 더 생각해주세요."

"……언제나 그랬어. 오히려 도움을 받았지. 어제 네가 그랬던 것도 이유가 있던 거였어. 눈치 채지 못하고 혼내서 미안해."

"좋아, 다섯 번째 약속!"

"에잇." 하고 소리를 내며 뽑았다.

"저를 믿어주세요. 저는 언제나 당신의 편이에요."

"정말이야, 항상 내 편이었지. 삭스는 나를 한 번도 배신하지 않았어."

삭스의 꼬리가 흔들거렸다.

"좋아, 그럼 여섯 번째."

아빠가 남은 카드를 한 번 더 나누어 내 앞에 내밀었다.

"좋아, 그럼 이거."

나는 눈을 감고 한 장을 뽑았다.

"과연 괜찮을까, 그 카드."

아빠가 나를 협박하며 웃었다.

"괜찮아! 이걸로 해!"

나는 기세 좋게 그 카드를 뽑았다.

"당신에게는 학교도 있고 친구도 있지만 저에게는 당신밖에 없

어요."

"어땠을까, 아카리?"
아빠는 내 얼굴을 들여다보았다.
"그랬었지. 그런데 미안해. 방해된다는 말을 해 버렸어. 나한테도 삭스밖에 없었는데."
나는 삭스의 귀밑에 얼굴을 가까이 대고 얘기했다.
카드가 얼마 남지 않게 되었다.
"일곱 번째 약속!"이라고 말하면서 카드를 뽑았다.

"제가 나이를 먹어도 계속 관심을 가져주세요."

"관심은 계속 가져줬어! ……하지만 미안해, 삭스. 너가 나이를 먹고 있다는 실감이 없었어. 아니, 느끼고 있었지만 모르는 척했던 걸지도 몰라. 최근이 되서야 너를 다정하게 대해야겠다고 생각했어. 언제나 나는 늦게 눈치를 채는구나."
틀림없이 즐거운 게임인데, 눈물이 흘러서 삭스의 코에 뚝 떨어졌다. 하지만 게임이 즐거우면 즐거울수록 눈물이 잔뜩 흘렀다.
그리고 여덟 번째. 게임의 끝이 가까워졌다. 이 게임을 끝내고 싶지 않았다. 나는 가능한 한 천천히 카드를 뽑았다.

"제가 당신과 함께 있는 시간은 10년 정도밖에 되지 않아요."

언젠가 뽑지 않으면 안 되는, 그러나 뽑고 싶지 않은 카드를 그만 뽑아 버린 듯한 느낌이 들었다.

"……안돼, 이 약속은 지키지 않아도 돼!"

나는 삭스에게 부탁했다.

삭스가 조금 목을 옆으로 흔드는 것처럼 보였다.

"하지만 약속이니까. 삭스는 분명 지킬 거야."

"지키지 않아도 돼!"

"무엇보다도, 바보처럼 솔직한 녀석이니까, 삭스는."

"지키지 않아도 괜찮아! 삭스!"

삭스는 희미하게 눈을 뜨고 따뜻한 눈빛으로 이쪽을 보았다.

"그것보다, 이제 마지막 카드를 뽑지 않으면 안돼. 그렇지 삭스?"

아빠의 손에 남겨진 카드는 한 장.

"하지만 아홉 번째잖아. 열 가지 약속인데…."

엄마가 쓴 카드는 아홉 장 밖에 없었다.

엄마가 약속을 가르쳐 주었던 날의 일이 떠올랐다. 그때도 열 번째 약속은 알려주지 않았다.

"열 번째는 스스로 생각해보라는 거겠지."

아빠가 나와 삭스를 번갈아보며 말했다.

그건 무엇보다도 제일 어려울 것 같은 느낌이 들었다.

"하지만 제대로 약속을 지키려 노력하는 사람은 자연스레 지킬 수 있는 약속이야. 분명 그럴 거야."

대답을 알고 있는 것처럼 아빠는 마지막 한 장을 내게 내밀었다.

"이것이 아홉 번째 약속. 마지막 카드."

"아홉 번째 약속은?"

"당신과 제가 함께 보낸 날들을 저는 절대로 잊지 않을 거예요. "

"물론이야. 약속할게! 삭스!"

작은 목소리가 삭스의 입에서 흘러나왔다.

깜짝 놀라 삭스를 바라보았더니 안심한 듯이, 마치 잠을 자는 듯이 작은 숨을 내쉬고 있었다.

"안 돼! 안 돼! 삭스! 가지 마!"

삭스는 그 목소리에 대답하며 눈을 떴다.

"아직 약속이 한 가지 더 남아 있잖아."

하지만 삭스는 모두 만족한 것처럼 편안한 얼굴을 하고 잠을 자려고 했다.

"안돼, 삭스. 나 아직 싶은 이야기가 잔뜩 있어. 10년이라는 게 이렇게나 짧을 줄 몰랐어. 자주 어리광 부리고, 싸우고, 걱정 끼쳐서 미안해. 소중히 여겨주지 못해서 미안해. 집 청소 빼먹어서 미안해. 미안하다고 말하지 못해서 미안해. 왜 이렇게 갑자기 사라지는 거야? 얼마 전까지만 해도 어린 강아지였는데. 언제 내 나이를 뛰어넘은 거야? 언제 할머니가 된 거야? 모르겠어, 제대로 말해줘……."

"저런 걸 물어보면 삭스도 곤란하지?"

아빠가 삭스에게 따뜻한 얼굴로 미소를 보였다.

"하지만, 하지만, 이야기를 멈추면 삭스가 어딘가 가 버릴 것 같아!"

그러자 삭스는 지그시 나를 바라보며 하얀 양말을 신은 것 같은 오른발을 내 쪽에 악수를 하듯이 슬쩍 내밀었다.

나는 그 발을 살포시 잡았다.

손바닥 안에서 손을 마주 잡듯이 삭스의 발이 살짝 움직였다.

입에서 자연스럽게 말이 흘러나왔다.

"너를 평생 잊지 않을 거야."

삭스가 눈을 작게 떴다.

"삭스!"

삭스는 소리치는 내 얼굴을 슬며시 보고, 무언가를 말하려는 것처럼 조금 입을 움직였다.

"뭐? 뭐라고 한거야, 삭스!"

이제 대답은 없었다.

삭스는 안심한 듯한 표정으로 살며시 눈을 감았다.

"삭스!"

내 옆에서 삭스의 맥을 확인한 아빠가 다정한 목소리로 삭스에게 말했다.

"수고했어. 그리고 고마워, 삭스."

삭스의 마지막 얼굴은 웃고 있는 것처럼 보였다.

강 아 지 와 나 의 1 0 가 지 약 속
n   i   n   e

당신과 제가 함께 보낸 날들을
저는 절대로 잊지 않을 거예요.

사람에게는 동물을

다스릴 권한이 있는 것이 아니라

모든 생명체를 지킬 의무가 있는 것이다.

-제인 구달-

에필로그

  나는 아빠, 그리고 스스무 군과 함께 삭스의 집을 정리하기로 했습니다. 그렇게 하지 않으면 삭스가 죽었다는 슬픔에서 빠져나올 수 없을 것 같았기 때문입니다.

  삭스의 집을 옮기자 집 밑에 삭스가 파 놓은 커다란 구멍이 있었습니다.

  구멍을 쳐다보던 아빠가 목소리를 높였습니다.

  "뭐야 이거? 아카리, 잠깐 와보렴."

  그곳에는 지금까지 없어졌던 한쪽 구두나 옷걸이, 아이스크림 막대기 등 여러 가지 것들이 들어 있었습니다.

  "그 녀석, 이런 곳에."

하나하나 손에 쥐어보자 삭스와의 추억이 스쳐 지나갔습니다.

"엇?! 뭐야?"

구멍 안쪽에 무언가가 겹쳐져 있었습니다. 꺼내 보니 그것은 지금까지 삭스가 몰래 숨겨 두었던 사진들이었습니다.

"이 사진들 어디 갔나 했더니 여기 있었구나!"

집에 온 지 얼마 되지 않았을 때의 사진, 내가 삿포로에 가게 되어 찍은 작별 사진. 오타루에 돌아와 병원이 생겼을 때의 사진……. 한 장 한 장 넘길 때마다 삭스와 함께한 10년의 시간이 마치 슬라이드를 보는 것처럼 눈앞에 스쳐 지나갔습니다.

나는 사진 속에서 삭스와 함께 자라고 있는 나의 모습을 보고 무심코 중얼거렸습니다.

"내가 삭스를 키웠다고 생각했는데 삭스가 날 키운 거였어."

"그 녀석, 우리를 정말 가족이라고 생각해주었구나."

아빠가 사진에 붙은 삭스의 털을 손가락으로 털고 사진 속 삭스의 얼굴을 따뜻하게 쓰다듬으면서 말했습니다.

나는 제일 밑에 있던 사진을 보고 깜짝 놀랐습니다.

"어머, 이 사진. 엄마…….'

그것은 어느날 불단에서 없어진 엄마의 사진이었습니다. 그리고 그 사진 밑에서 아빠가 무언가를 발견했습니다.

"아카리, 엄마에게서의 편지다."

아빠의 손에는 익숙한 글자가 쓰인 편지가 들려 있었습니다.

"아카리에게 쓴 거야. 읽어보렴."

나는 천천히 편지를 읽기 시작했습니다.

"오랜만이야. 아카리. 잘 지내니? 이 편지를 읽을 때쯤엔 이미 엄마는 하늘나라에 있겠지. 엄마, 아무래도 네 결혼식까지 살아 있을 수 없는 모양이야. 매우 분하고 안타까워. 하지만 엄마는 반드시 너를 계속 지켜보고 있을 거야. 언제나. 분명 곁에 있을 거야. 다만, 네게 모습은 보이지 않게 되겠지만. 언젠가 너는 나를 바람 같다고 말해주었지. 조금 장난스러운 바람이 불 땐 나를 생각해줘. 계속 너를 지켜보고 있을 거야.

그리고 너의 결혼식은 꼭 갈 거야. 약속했으니까.

맞다! 개와는 잘 지냈니?

아빠에게 내가 떠나면 개를 키워달라고 마지막 부탁을 했어. 실은 이름도 지어뒀어. 어떤 개라도 삭스라고. 마음에 들었니? 산타가 양말 속에 선물을 넣어두는 것처럼 신께서 아카리에게 많은 선물을 주시도록 바라면서 지었어.

개와의 열 가지 약속은 잘 지켰니?

아카리에게 약속을 가르쳐준 날, 미안하지만 마지막 한 가지는 아무래도 말할 수 없었어. 나을 수 없는 병에 걸렸다고 생각했더니 웃는 얼굴로 말할 자신이 없었거든. 하지만 너는 말하지 않아도 지킬 수 있을 거라고 생각했어. 고집이 세긴 하

지만 다른 사람의 마음을 아는 아이니까. 열 번째 약속, 여기
에 써둘게."

"열 번째 약속……."

그곳에는 일러스트가 그려진 열 번째 약속이 쓰여 있는 카드
가 끼워져 있었습니다.

"이거, 그 약속 카드네."

나는 엄마가 말하지 못했던 약속을, 엄마의 얼굴과 삭스의
얼굴을 떠올리면서 소리를 내어 읽었습니다.

"제가 이 세상을 떠날 때는 곁에서 지켜봐주세요. 당신이 곁에
있는 것만으로도 저는 행복하게 천국으로 여행을 떠날 수 있을 테
니까요. 그리고 부디 잊지 말아주세요. 제가 당신을 사랑하고 있
다는 것을."

"그렇구나!"

약속을 다 읽었을 때, 문득 아빠가 생각난 듯이 말했습니다.

"삭스가 마지막에 무슨 말을 하려고 했었는지 알겠어."

"뭐? 뭐라고 말했어?"

"고맙다고 말한 거였어. 모든 약속을 지켜준 너에게. 마지
막으로 손을 잡고 작별인사를 할 때 약속을 전부 지킨 것이었

강아지와 나의 10가지 약속
t   e   n

제가 이 세상을 떠날 때는
곁에서 지켜봐주세요.
당신이 곁에 있는 것만으로도
저는 행복하게 천국으로 여행을
떠날 수 있을 테니까요.
그리고 부디 잊지 말아주세요.
제가 당신을 사랑하고 있다는 것을.

어."

"그런 거야, 삭스?"

나는 하늘을 향해 물어보았습니다.

"엄마, 삭스, 약속 제대로 지켰지? 결혼식은 아직 먼 일이 지만."

나를 곁에서 보고 있던 스스무 군이 무언가 대단한 것을 발견한 것처럼 중얼거렸습니다.

"어머니, 대단하시다. 천국에서 마음을 전해주셨어. 장소나 시간 같은 건 관계없구나."

아빠가 툭 하고 스스무 군의 어깨를 두드리며 말했습니다.

"전하고 싶은 마음을 소중히 다뤄주렴. 마음이 없는 말은 마음에 울려 퍼지지 않으니까. 반면 마음이 있는 말은 서투른 것이라도 제대로 전해질 거야."

★이 없어진 '호시 스스무' 군은 크게 고개를 끄덕였습니다.

"기타, 다시 한번 열심히 해보렴."

"네. 하지만 그 전에 한 가지 전하고 싶은 것이 있습니다."

스스무 군이 갑자기 내 얼굴을 지그시 바라보았습니다.

"아카리."

"응?"

"저하고 결혼해주세요."

무슨 일이 일어났는지 알 수 없었습니다.

"아빠 앞에서 프러포즈하는 거냐."

아빠가 눈을 동그랗게 뜨고 서 있었습니다.

멍하니 있는 내게 스스무 군이 갑자기 "참참참!".

손가락 움직임에 이끌려 나는 고개를 꾸벅 숙였습니다.

"끄덕였구나."

"스스무 군. 참참참 게임을 이렇게 잘했었나?"

"결혼하자."

이번에는 움직임에 이끌리지 않고 나는 한 번 더 고개를 끄덕였습니다.

"너 아빠 앞에서 수락하는 거야? 그것도 참참참 게임으로!"

나는 조금 당황한 아빠에게 말했습니다.

"스스무 씨하고 결혼시켜 주세요."

"뭐? 잠깐 기다려."

"참참참!"

"아…."

아빠도 완벽하게 고개를 끄덕였습니다.

잠시 동안 서로 얼굴을 마주 보았습니다.

그리고 큰 소리로 웃었습니다.

이상하지만 즐겁고, 매우 행복한 기분이었습니다.

"딸의 프러포즈를 내 눈으로 볼 줄은 몰랐어. 행복하렴."

아빠가 눈물을 흘리며 배를 붙잡고 웃었습니다.

"내일이 제 결혼식이에요."

내가 진지한 얼굴로 말을 하자 아빠는 피하 듯 대답했습니다.

"아무리 부탁해도 난 신부 아버지의 인사 같은 건 절대로 하지 않을 거야."

"이제 그건 부탁 안 할 거야. 저기…….."

"응?"

"미안해."

"뭐가? 난 혼자가 되어도 외롭지 않다고."

아빠는 머리카락을 손으로 뱅글뱅글 돌리며 이야기했습니다.

"아빠, 나 때문에 정말 하고 싶었던 일을 하지 못했잖아."

"내 이름은 저기에 깊게 새겨져 있다니까."

아빠는 창문 밖의 병원 간판을 가리켰습니다.

"정말 미안해. 내가 외로워해서 대학병원을 그만둔 거지? 정말로 미안해, 아빠의 인생에 끼어들어서…….."

"끼어들거나 한 게 아니야. 함께 살아간 거니까. 솔직히 살짝 속상하긴 했지만."

아빠가 배를 만지면서 장난을 쳤습니다.

"하지만…… 그대로 다녔다면 도쿄에….."

"나는 아카리의 곁에 있을 수 있어서 양배추도 잘 자를 수 있게 되었고, 환자의 이야기도 천천히 들을 수 있게 되었어. 예선 그대로였다면 얻을 수 없었던 것들을 덕분에 많이 얻었어. 너와 삭스 덕분이야. 그리고 나는 '선생님'이라고 불리기보다 '아빠'라고 불리는 걸 더 좋아한다는 것도 알게 되었어."

"……정말?"

아빠는 조용히 고개를 끄덕였습니다.

"아빠, 새 신부 같은 말을 해도 될까?"

"그만둬."

나는 도망치려고 하는 아빠에게 마음을 가득 담아 말했습니다.

"정말, 고마워. 그리고 정말 좋아해."

"나도다. 바보 딸."

아빠가 울면서 화냈습니다.

피로연은 화창한 푸른 하늘 밑에서 가든파티로 열었습니다.

엄마나 삭스도 하늘에서 볼 수 있도록.

큰소리로 떠드는 유우코는 피로연에 참석한 멋진 고등학생에게 "장래 예약!"이라고 말하면서 대시를 했으나, 그 남학생은 유우코를 무서워하며 도망갔습니다.

유우코 옆에 앉은 개를 싫어하는 옆집 아저씨는 여전히 개는 싫다고 했지만 말과 다르게 막 키우기 시작한 개를 안고 자리를 빛내주었습니다.

아빠는 여전히 나이프와 포크를 지그시 보곤 무언가 중얼중얼 말하면서 이미지 트레이닝으로 수술 연습을 하는 것처럼 열심히 스테이크를 작게 잘랐습니다.

아빠는 축하한다는 말을 들어도 특별한 대답을 하지는 않았습니다. 부끄러움을 숨기는 아빠 나름대로의 방법이라고 생각했습니다.

"원래대로라면 신부의 아버님, 유이치 님께 인사를 들어야 하지만 사람들 앞에서 이야기를 할 바엔 진찰을 하겠다는 강한 의사를 표하셔서 신랑 아버님께 대신 한마디를 부탁하겠습니다."

스스무 군의 아버지가 기타를 한 손에 안고 어색하게 마이크로 향했습니다.

"저도 얘기하는 건 서투릅니다. 그래서 노래를 해볼까 합니다. 제 아이에게는 노래는 기타 연주에 방해가 되니까 하지 말라고 했지만, 사람들 앞에서 얘기할 바에는 지금 제 마음을 담아서 한 곡 불러보겠습니다."

멋진 연주가 시작되었습니다. 기타의 음색에 도취되어 있자 노래가 시작되었습니다.

"노래를 부르고 있어. 노래를 싫어하는 아빠가."

스스무 군이 놀라서 바라보고 있는 곳에서는 『타임 애프터 타임』이 들려오고 있었습니다.

"그것도 팝송이야."

스스무 군의 아버지는 모두가 감동을 받을 법한 목소리로 노래를 부르고 있었습니다.

"바보 같아. 결혼식에 실연당한 노래라니."

스스무 군은 기쁜 듯이 입을 삐쭉 내밀었습니다.

저는 가사의 뜻을 조용히 읊조렸습니다.

"혹시 네가 길을 잃거나 침울해지면 주변을 둘러봐, 분명 내가 있을 거야."

옆에는 스스무 군이 서 있었습니다.

알고 보면 인생은 무언가에 이끌려가는 게 아닐까 하는 생각이 들었습니다.

"스스무 군은 곁에 있어줄 거지?"

부끄러워하는 스스무 군에게 오랜만에 나는 갑자기 장난을 치고 싶어졌습니다.

"참참참!"

손가락을 아래로 내리자 스스무 군은 손가락을 따라 고개를 밑으로 내렸습니다.

"솔직하네. 여전히."

"네가 너무 솔직하지 않은 것뿐이야."

불만을 말하는 스스무 군과 낄낄거리며 웃고 있자 갑자기 바람이 횡 하고 불었습니다.

"아….."

웨딩드레스 옷자락이 손을 흔들듯이 팔랑거렸습니다.

"와줬구나……. 엄마."

한층 더 강한 바람이 불자 한 장의 하얀 테이블보가 하늘 높이 흩날렸습니다.

모두가 당황해서 테이블보를 쫓아가자 초록색 잔디 위에 떨어진 테이블보가 꼬물꼬물 움직이고 있었습니다.

모두의 시선이 모인 그곳에서 어린 강아지가 쓱 하고 얼굴을 내밀었습니다.

나는 스스무 군과 서로 얼굴을 마주보며 미소를 지었습니다.

"어서 와, 삭스."

강아지는 아무것도 모르는 얼굴로 지그시 이쪽을 바라보았습니다.

"크흥!"

바람이 코를 간지럽게 했는지 강아지가 작게 재채기를 했습니다. 나는 킁킁거리며 바람의 냄새를 맡았습니다.

나는 달려가 강아지를 안고 스스무 군에게 말했습니다.

"개, 키워도 돼?"

"열 가지 약속을 지킬 수 있다면 말이야."
바람이 조금 웃는 것 같은 느낌이 들었습니다.

역자 후기

반려동물은 인간과 가장 가까운 동물이 아닐까 싶습니다. 반려동물만큼 주인의 마음을 잘 알아주고, 주인을 살갑게 대해주는 존재가 또 있을까요.

저도 한 마리의 개를 키우고 있습니다. 그래서 이 책을 받아든 순간, 열 가지 약속이 무엇이며, 나는 내 소중한 개와 열 가지 약속 중 몇 가지나 지키고 있는지에 대한 생각이 제일 먼저 떠올랐습니다. 결과는 어땠을까요. 지키고 있는 약속도 있었지만 부끄럽게도 지키지 못하고 있는 약속도 보였습니다.

또 이 책의 주인공인 아카리처럼 지키고 싶지 않은 약속도 있었습니다. 이 책을 집어 든 여러분은 어떠신지요. 아마 저처럼 지키고 있는 약속도 있을 것이고, 그렇지 않은 약속도 있을 것입니다. 하지만 우연히 고슴도치를 키우는 친구에게 이 열 가지 약속을 소개했을 때 약속을 지키느냐 마느냐보다도 더 중요한 것을 깨달았습니다. 바로 각자의 마음에 와 닿는 약속이 다르다는 것이지요.

그래서 저는 여러분이 이 책을 읽고 난 후 어떤 약속을 지켰는지보다는 어떤 약속이 마음에 와 닿았는지를 생각해보셨으면 합니다. 각자의 마음에 와 닿은 약속은 앞으로 지키게 될 게 분명하니까요. 그리고 그 약속이 반려동물과의 진정한 약속일지도 모릅니다. 어쩌면 뻔하고 당연한 약속일지도 모르지만 이 약속을 마음에 새기고, 약속을 생각하며 자신의 사랑스러운 반려동물과 눈을 마주쳐보는 것 그것만으로도 이 책을 집어 든 의미는 있을 것입니다.

이 책의 이야기는 참으로 뻔하지만 뻔하지 않고, 평범하지만 평범하지 않은 이야기입니다. 그리고 반려동물을 키우거나 어쩌면 키우게 될 우리 자신의 이야기입니다. 책장을 넘기다 보면 때로는 미소를 머금게 되겠지만 때로는 눈물을 흘릴 수도 있습니다. 이 책을 읽으며 느끼는 모든 감정은 우리가 반려동물을 키울 때 느끼게 될 감정과 같을 것이란 생각이 듭니다.

변함없는 모습으로 우리 곁을 지켜주는 반려동물을 생각하면서 이 책을 읽으셨길 바랍니다. 그리고 이 이야기를 당신의 사랑스러운 반려동물에게도 꼭 들려주셨으면 합니다. 이를 통해 여러분은 반려동물과 한층 더 교감할 수 있게 될 것입니다.

이 책이 열 가지 약속이 아니더라도 여러분과 반려동물만의 단 한 가지 소중한 약속을 만들어 주고, 함께 감동을 나눌 수 있는 계기가 되기를 바랍니다. 또한 이 책을 통해 당신과 반려동물에게 특별한 추억이 생겨나기를 진심으로 기원합니다.

PHOTO

나의 강아지와의 10가지 약속

"만약 당신이 길을 잃는 다면
주위를 둘러보세요. 분명 내가 있을 거예요"
-삭스-